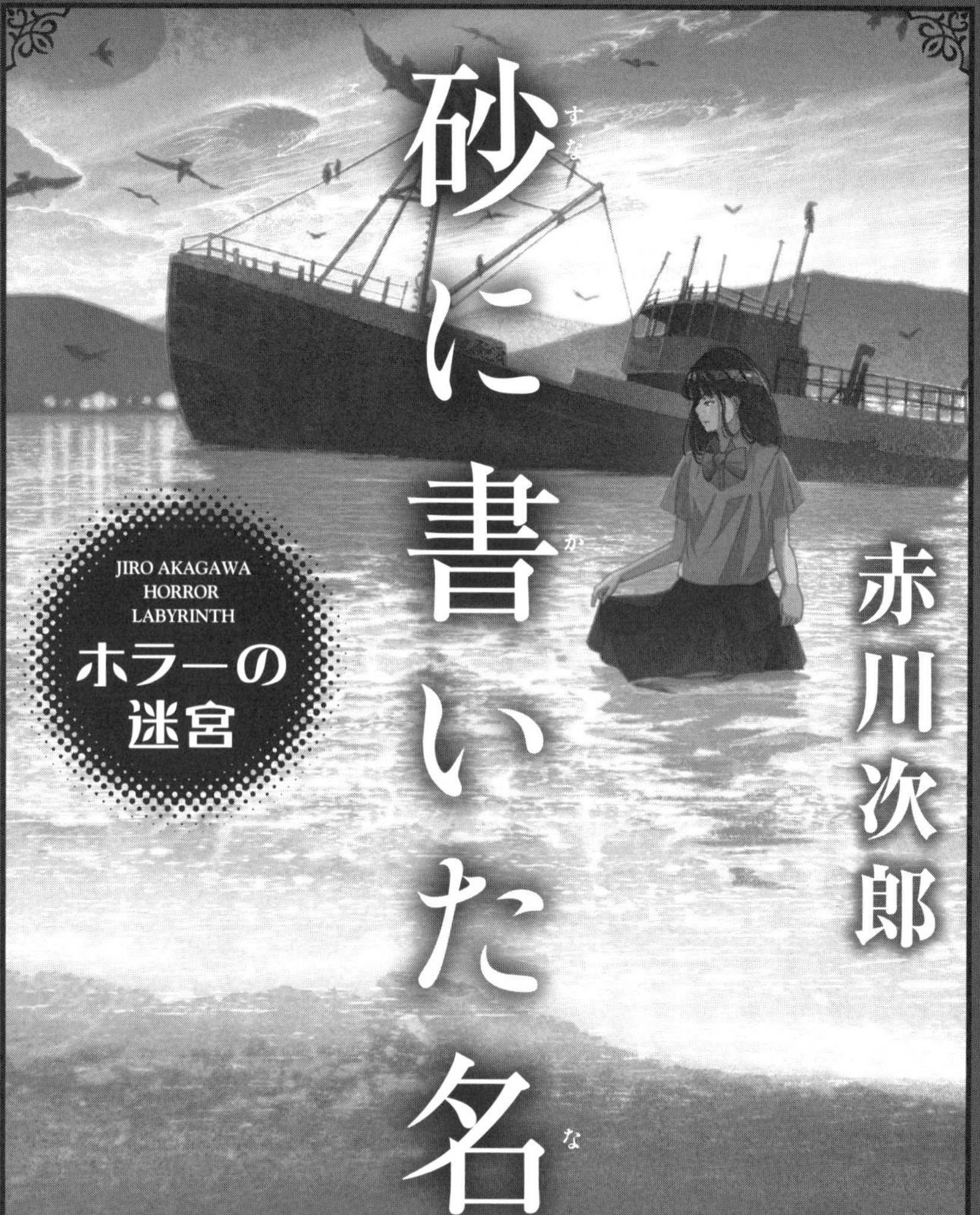
砂《すな》に書《か》いた名《な》前《まえ》
赤川次郎
JIRO AKAGAWA
HORROR
LABYRINTH
ホラーの
迷宮
汐文社
ちょうぶんしゃ

もくじ

カバー・本文イラスト　げみ
デザイン　西村弘美

角に建《た》った家

1　どこかで見た顔

「全然《ぜんぜん》気《き》が付《つ》かなかったわ」

と、母親が夕食の席《せき》で言った時、幹夫《みきお》は、気にもとめなかった。

しばらく間を置《お》いて、父親が口を開くと分っていたからだ。——五、四、三、二……。

「何の話だ？」

ほらね。

「あなた、気《き》が付《つ》いてた？」

何のことか説明《せつめい》もせずに、訊《き》き返して来るという、一見不合理《ふごうり》なこの話し方こそが、
母親の天性《てんせい》の「話術の妙《わじゅつのみょう》」というものなのである。

「気《き》が付《つ》くって、何に？」

「今の家って、早く建《た》つとは知ってたけど、あんなに……。一体いつの間に建《た》ったの

かしら。——あなた、お代りは？」

「うん……。家って、誰《だれ》の家だ？」

「知らないわよ。ただね、今日、買物の帰りに、あんまり荷物が多いもんだから、バスに乗ったの。ほら、バスは学校の向うを回って来るでしょ？　で、公園からこっちの通りへ曲る、角の所に、家が一軒《けん》、建《た》ってるの」

「ふーん」

ただ聞き流す、ということを許《ゆる》さない母親の話術《わじゅつ》に、父親はみごとにはまってしまっている。当人は、たぶんそんな風に考えていないだろう。いや、おそらく母親の方も。

幹夫も十五歳《さい》になって、母親が、無意識《むいしき》の内に夫《おっと》の注意をひこうとして、こういう「逆行型《ぎゃっこうがた》」とでも言うべき話し方を考案《こうあん》したのだと理解《りかい》できるようになっていた。

「確《たし》かに、あそこ、空地になってはいたのよね。でも、この前通った時は、そんな様子、全然《ぜんぜん》なくって——」

「そりゃ、今はほら、プレハブとか、早いからな。さっさと外側《そとがわ》だけ作って、後はゆっくりやるんだよ」

と、父親が、やっと父親らしく、ものを知っているという口をきく。

「でも、変《へん》なの。ちっとも新しい家に見えないのよ。やけに古ぼけたお屋敷《やしき》で……。そういう風に見せてるのかしら」

と、母親は首をひねる。

「最近《さいきん》はレトロ感覚《かんかく》とかいって、古風なのが受けてるのさ。ほら――」

と、何か例《れい》を持ち出そうとして、詰《つま》ってしまう。

何か考えついてから、言い出しゃいいんだよな、と幹夫はいつものことながら、思った。

「私《わたし》なら、新しい家は見るからにピカピカの方がいいけど。――幹夫、もう食べないの?」

「三杯《ばい》食べたよ」

「そうだった? いつお代りしたかしら」

大体、少しぼんやりしたところのある母親なのである。

「お屋敷《やしき》っていうほど大きいのかい」

と、父親が言った。「じゃ、保険《ほけん》にも入ってるかな」

父親は保険《ほけん》会社に勤《つと》めているのだ。

「何だかこう——屋根がとんがってて、煙突《えんとつ》があって、古い洋館っていうのかしら。あちらの映画《えいが》に出て来そうなお家なの。門があって、何だか知らないけど、門の上に、大きな〈S〉の字があったわ」

幹夫は、この時、初《はじ》めて母親の話に興味《きょうみ》を持った。

「——母さん、〈S〉の字、って言った?」

「ええ、そうよ。何か知ってるの?」

「ううん。別《べつ》に……」

とは言ったものの……。

〈S〉の字のある館《やかた》? どこかで聞いたことあるな、と幹夫は思っていたのだ。でも、思い出せない。誰《だれ》かが学校で話してたのかな？――いや、そうじゃない。TVで見た？　そうでもないらしい。新聞とか雑誌《ざっし》に出てたのかしら？

確《たし》かに、どこかで、そういう館《やかた》のことを聞いたんだけど……。どうしても思い出せなかった。何だかスッキリしなくて、いやな気分だ。

「幹夫、宿題は？」

と、母親が言った。

「今日はないよ。――部屋に行ってるね」

と、椅子《いす》をずらして立ち上がる。

「幹夫――」

「ごちそうさま」

言われる前に、幹夫は言ってやった。――本当に、いつまでたっても子供扱《こどもあつか》いなんだから！

加賀《かが》幹夫は一人っ子である。両親が至《いた》って優《やさ》しく、生れてこの方、まだ殴《なぐ》られたという経験《けいけん》がない。それに、幹夫自身、呑気《のんき》におっとりと育っているので、そういう問題を起こしたこともなかったのだ。

幹夫の家は、もちろん「お屋敷《やしき》」と呼《よ》べるほど大きくない。親子三人で住むのに、そんな大邸宅《だいていたく》なんて、必要《ひつよう》ないのだ。それでも一人っ子の幹夫は、小学校へ入る前から、自分の部屋というものを持つことができた。

たぶん、父親の加賀丈広《たけひろ》が、少し年齢《ねんれい》が行っていて（今、四十七歳《さい》だった）、収入《しゅうにゅう》も安定していたからだろう。幹夫は大体のところ、何不自由《なにふじゆう》なく育って来た。

「畜生《ちくしょう》！」

幹夫がいくら「いい子」でも、こんな言葉はちゃんと（？）使うのである。

「テスト、テストかよ……」

もう、うんざりだよ！　幹夫は、ベッドに引っくり返った。——天井《てんじょう》を眺《なが》めていると、いつも気持が落ちつく。といって、天井《てんじょう》にアイドルスターのポスターが貼《は》ってあるわけじゃなかった。

そこは少し薄暗《うすぐら》くて、天井材《てんじょうざい》の板に、少しひびが入っているらしく、貼《は》ったクロスが少し裂《さ》けたり、歪《ゆが》んだりしている。それがとても奇妙《きみょう》な模様《もよう》を作り出していて、子供《こども》のころから、幹夫はその模様《もよう》を眺《なが》めながら、あれこれと想像《そうぞう》するのが好《す》きだった。

ちょうど、ただ散《ち》らばった星の間に、白鳥だのペガサスだのの形を見付《みつ》けるように、幹夫もこの「天井《てんじょう》の星座《せいざ》」に、嫌《きら》いな先生の顔だの、笑《わら》っている時計だのといった変《か》わったものを発見して楽しんでいたのである。

こんなことが好《す》きだというのでも分る通り、幹夫は、十五歳《さい》にしては少し夢見《ゆめみ》がちなところのある少年だ。中学三年生で、来年は受験《じゅけん》を控《ひか》えているというのに、友だちと競《きそ》ってテストの点の一点の勝ち負けに、大喜《おおよろこ》びしたり、悔《くや》しがったりすることもない。

来週からはまたテストで、その結果《けっか》は全部クラスの外の廊下《ろうか》に貼《は》り出される。——幹夫は、まあ何とか真中辺《あた》りを保《たも》っていたけれど、彼《かれ》がテストのために頑張《がんば》って勉強するのは、自分のためというより、両親の悲しむ顔を見たくないからだった……。

でも——できることなら、もっともっと本を読んで、冒険《ぼうけん》や恋《こい》に（本当の経験《けいけん》はなかったが)、胸《むね》をときめかせていたかった。

この間読んだ本……。何ていったっけ。

そう。〈眠《ねむ》っている館《やかた》〉だ。その古い館《やかた》に住んでいるヒロインの少女を、幹夫はこの間、天井《てんじょう》に見付《みつ》け出《だ》したのだ。

あれが顔。髪《かみ》が長くかかって……。ほら、スカートがフワッと広がってる。ダンスの途中《とちゅう》でクルッと回った時みたいに。

もう少し顔がはっきり見えるといいんだけどな。でも、ああやって、髪《かみ》で隠《かく》れてるから、いいのかもしれない。

だって、そこでは時間が止っていて、何百年も前からずっと、そのままの格好《かっこう》で生きていた少女だ。少しはこう——謎《なぞ》めいたところがなきゃ、面白《おもしろ》くないものな。

見えないから、どんな少女なのか想像《そうぞう》する楽しさがあるんだ。その古い館《やかた》にしたって、本に添《そ》えられた絵は面白《おもしろ》くない。本当はもっともっと古びてて、つたが館《やかた》を包《つつ》み込《こ》みそうなくらいに這《は》い回《まわ》ったあげく、門の上の大きな〈S〉の字にも絡《から》まって——。

幹夫は起き上がった。

「大きな〈S〉の字だって？」

母さんが言ったのは……。そうだ。あの本の中の館《やかた》とよく似《に》てる。煙突《えんとつ》があって、屋根が尖《とが》ってて――。

もちろん、もちろん偶然《ぐうぜん》に決ってるけど。だって、頭文字《かしらもじ》が〈S〉の人なんて、いくらもいるに違《ちが》いないんだし。それに、その家は実際《じっさい》にそこに建《た》ってたっていうんだから。

でも、面白《おもしろ》いなあ、そんなことが起るなんて！

幹夫は、すっかり気分が良《よ》くなっていた。明日、学校の帰りに、その「お屋敷《やしき》」っていうのを見に行こう、と決心したからだ。

何か面白《おもしろ》いことが待っている！　そんな「明日」なんて、めったに来るもんじゃないのだ。

幹夫は、やりかけの予習をやってしまおうとして、窓《まど》のカーテンが半分しか閉《し》まっていないことに気付《きづ》いた。

母さんって、よくこういうことをやるんだよな。だけど、少しぼんやりしてるおかげで、時々はテストがあったってことも忘《わす》れてくれるんだから、カーテンぐらい、自分で引かなきゃ。細かいことに、いちいちやかましく言う母さんだったら、きっと毎日家へ帰るのが辛《つら》くなっちゃうだろうし……。

幹夫は、カーテンを引こうとして、ふと表に目をやった。二階のこの部屋からは、家の前の通りが見下ろせる。車がやっとすれ違《ちが》えるくらいの広さしかない、夜は割合《わりあい》に寂《さび》しい道である。

そこに――街灯《がいとう》の光を斜《なな》めに受けて、一人の少女が、立っていた。

はっきり、幹夫の方を見ている。誰《だれ》だろう、と思った。白っぽい服らしいが、光が弱くてよく分らない。

長く髪《かみ》を肩《かた》にたらした、その少女は、幹夫と目が合うと、急いで暗がりの中へと消えて行った。――誰《だれ》だろう？

知らない子だ。もちろん学校にもいないし、この近所でも見かけない。

でも、妙《みょう》なのは——それでも、どこかで見たことがあるような気がしたことだった。

いつか、どこかで……。

幹夫は肩《かた》をすくめて、シュッとカーテンを引いた。

2 階段《かいだん》の少女

「加賀君!」

呼《よ》ばれても、幹夫は振《ふ》り向《む》かない。

どうせ分ってるんだ。こっちに聞こえてるってことも。そして、諦《あきら》めないで、追いかけて来る……。

「加賀君! どうしてどんどん歩いてっちゃうのよ!」

と、腕《うで》をつかまれて、幹夫は仕方なく足を止めた。

「何だよ」

「何だよ、じゃないでしょ。返事ぐらいしてくれたっていいじゃないの」

と、ふくれっつらで幹夫をにらむのは、「ユッコ」こと、畑中由紀子《はたなかゆきこ》である。

「お前、ふくれてても、いつもとちっとも変《かわ》んないな」

「何よ、その言い方。そういうこと言うからもてないんだ」

「放っといてくれ。『加賀君』なんて、気取った呼《よ》び方《かた》して」

「だって——もう中三よ、私《わたし》たち。幼稚園《ようちえん》のころなら、『カンちゃん』、『ユッコ』でいいけど……」

「別《べつ》にいいじゃないか。何も恋人同士《こいびとどうし》じゃねえんだしさ」

「ふん、だ。誰《だれ》が！」

——それでも二人は一緒《いっしょ》に歩き出していた。

「いつもと違《ちが》う道でしょ。どこへ寄《よ》り道《みち》すんのよ？」

と、畑中由紀子は言った。

「角に新しく建《た》った家があるんだ。そいつを見に行くのさ」

「知り合いの家？」

「別《べつ》に」

「じゃ、何でわざわざ見に行くの？」

「見たいから」

由紀子は、ムッとしたように幹夫をにらんだが、何も言わなかった。

まあ、この二人、幼《おさな》なじみなので、こうして喧嘩《けんか》するのも、遊びのようなものなのである。

「——ねえ、来週またテストよ。いやになるね」

「学校出たら、テストのことなんか言わないでくれよな」

「へえ、ちっとは気にしてるんだ」

「ユッコみたいな優等生《ゆうとうせい》じゃないもんな」

「カンちゃんだって、その気になればできんのにさ」

つい、昔通りの呼《よ》び方《かた》をして、気《き》付《づ》かずにいる。

「ねえ、どこ行くのよ」

「だから言ったじゃないか。角に新しく建《た》った家さ——」

幹夫は、足を止め、ポカンとして、その館《やかた》を眺《なが》めていた。

こんなことってあるだろうか?——本当に、そんなことが?

「何だか古くさい家ねえ」

と、由紀子が言った。「でも、こんな所に家ってあったっけ? 私《わたし》も、あんまりこの道は通らないけど、でも……。ピアノの先生の所行く時はよく通るもんね。こんなの、いつの間に建《た》ったのかなあ」

幹夫の方を見て、全然《ぜんぜん》聞いてないということが分ると、頭に来て、わき腹《ばら》をドンと突《つ》いてやった。

「いてて……。何すんだよ!」

「だって、ぼんやりして何も聞いてないんだもん」

「いいだろ。お前と話しなきゃならない義務《ぎむ》、ないんだから」

「あ、そう！　じゃ、バイバイ！」

由紀子は、頭に来て、さっさと行ってしまった。幹夫も、ちょっと言《い》い過《す》ぎたかな、と思ったが、しかし今はそんなことより、目の前の不思議《ふしぎ》の方が強烈《きょうれつ》だった。

そうだ。――あの本の中に出て来る通りの館《やかた》だった。それも、さし絵に描《えが》かれている遊園地のお城《しろ》みたいなのじゃなくて、本当に幹夫が頭に描《えが》いた通りだ。

幹夫は、大きな〈S〉の字を浮彫《うきぼり》にした門へ向って、歩いて行った。門は閉《し》まっていたが、格子状《こうしじょう》の門扉《もんぴ》なので、中を覗《のぞ》くことはできる。

これは――どう見たって、「新しい家」なんかじゃない！　何百年もたった、古い館《やかた》だ。古く見せかけて建《た》てる、ってことも、不可能《ふかのう》じゃないだろうが、でもこんな風にはとても行くまい。門扉《もんぴ》や、建物《たてもの》に絡《から》んだつたにしたって、あんなもの一週間や二週間で伸《の》びるわけもないし……。

幹夫が門の前に立って、ぼんやり眺《なが》めていると、キーッ、とかすかなきしむ音がして、門が細く開いた。それは、何だか風で吹《ふ》かれたか、それとも門の歪《ゆが》みのせいで勝手に動いた、とでもいう感じだった。

どうしよう？　幹夫は——迷《まよ》わなかった！　もちろん中へと入って行ったのである。胸《むね》がドキドキした。まるで自分が本の中の世界へ入って行くようで……。

もし、住んでる人が出て来て叱《しか》られたら？

構《かま》うもんか！　その時は、あんまりすてきなお家なんで、つい入ってみたくなったんです、とか、むちゃくちゃ誉《ほ》めてやりゃいいんだ。

自分のものを誉《ほ》められて気を悪くする人間はいない、ということを、幹夫ぐらいの年齢《ねんれい》になると、ちゃんと分っているのだから。

——幹夫が、建物《たてもの》の方へと歩いて行くのを、由紀子はそっと門の外から覗《のぞ》いていた。

また、門はいつの間にか閉《し》まっていたのだ。

「勝手に入ってってって！　怒鳴《どな》られたって、知らないから」

と、呟《つぶや》いたものの……。

でも、やっぱり気になる。私《わたし》も行ってみよう、と由紀子は思った。

そして門を開けて入ろうとしたが――門はびくともしなかった。


何が起ってもおかしくない、という日があるものだ。

たとえば、いつも完全《かんぜん》に折《お》り目《め》の消えたズボンによれよれの上衣《うわぎ》という格好《かっこう》の先生が、突然三《とつぜんみ》つ揃《ぞろ》いなんか着て、床屋《とこや》行きたての顔で教室に現《あら》われた日とか、生徒《せいと》をいじめることを生きがいにしているような先生が、妙《みょう》なジョークを言った日とか……。

多少、ニュアンスは違《ちが》うが、この時の幹夫も似《に》たような気分だった。

建物《たてもの》へ近付《ちかづ》いて行くと、思った通りドアが開いて、さあどうぞ、とでもいうように、ドアのノッカーがコトンと音を立てた。この時も、幹夫は一向に驚《おどろ》かなかったのである。

「――失礼《しつれい》します」

と、靴《くつ》を脱《ぬ》いで上がると……。

そこは広い玄関《げんかん》ホールで、二階まで天井《てんじょう》が吹《ふ》き抜《ぬ》けになっていて、古びたシャンデリアが下がっている。そして、幹夫の家の、狭《せま》くて急で、その内きっと誰《だれ》かが足を踏《ふ》み外《はず》して転がり落ちるに違《ちが》いない、と誰《だれ》もが思っている階段《かいだん》とはまるで違《ちが》って、幅《はば》の広い、ゆるやかな階段《かいだん》が、二階に向ってのびているのだった。

もしかしたら……。これで、あの「少女」が現《あら》われたら。

「そうか！」

どうして気《き》が付《つ》かなかったんだろう？　ゆうべ、道に立って、こっちを見ていた女の子——。あれは、〈眠《ねむ》っている館《やかた》〉の中の少女だ！

「いらっしゃい」

と、上の方で声がした時も、幹夫は大して驚《おどろ》かなかった。

そう。こんな時、たいてい美しいヒロインは、広い階段《かいだん》を、ゆっくりと優雅《ゆうが》な足取りで降《お》りて来るものと決ってるんだから。

「君……」

「お会いできて、嬉《うれ》しいわ」

少女は、昨日《きのう》見た通りの白い服で、長い髪《かみ》を肩《かた》に垂《た》らしていた。

「何だか変《へん》だ」

と、幹夫は、つい笑《わら》い出していた。

考えてみれば、小説《しょうせつ》の中の家だの人物だのが、目の前に現実《げんじつ》に出て来るっていうのは、笑《わら》いごとじゃない。どっちかといえば、いささか薄気味《うすきみ》の悪いことに入るだろう。

でも、幹夫は、何だかこれ全部が、一つの冗談《じょうだん》みたいな気がして、つい笑《わら》ってしまったのだ。

少女の方は、幹夫が笑《わら》ったので、急に不安《ふあん》げな顔になった。

「私《わたし》……どこか、おかしい？」

「いや、そうじゃないけどさ。だって、小説《しょうせつ》の中だけで会った奴《やつ》に本当に会うなんてこと、ないじゃないか」

「そうね。でも……」

少女は、いささか恥《は》ずかしそうに、「あなたがとても熱心《ねっしん》に読んでくれていたし、それに……」

と、ためらってから、

「だから、一度、お会いしてみたくなったの」

「こんなことって、あるのかな」

と、幹夫は周囲《しゅうい》を見回して、「触《さわ》ったら消えちまうんじゃないのか」

「そんなことないわ」

「降《お》りて来ないの？」

少女は、ずっと、階段《かいだん》の上の方に、立ったきりだったのだ。

「ええ、今、行くわ」

少女は、幹夫を、少しうるんだ瞳《ひとみ》で見つめながら、階段《かいだん》を降《お》り始めた。

これは夢《ゆめ》かな？　それとも——古いけど——タヌキにでも化かされてんのかな、僕《ぼく》は？

幹夫は、この先どうなるのか、見当もつかないままに、少女が降《お》りて来るのを待っていたが……。
突然《とつぜん》――足を踏《ふ》み外《はず》したのか、少女が階段《かいだん》を転がり落ちて来た。

3　止った時間

少女がちょっと身動きして、それから目を開いた。

「大丈夫《だいじょうぶ》かよ」

幹夫は、少女に声をかけた。

「ええ……。また、やっちゃった。――痛《いた》い！」

少女は起き上がろうとして、顔をしかめた。

「また、って？」

「ゆうべも……。あなたの家へ行こうとして、二階から降《お》りるとき、落っこちちゃったの」

「ドジなんだなあ」

大分、イメージが狂《くる》ってしまった。大体、こういう所の令嬢《れいじょう》が、スカートの裾《すそ》を翻《ひるがえ》して転がり落ちて来るところなんて想像《そうぞう》がつかない。

「だって——本になかったんですもの」

「何が？」

「本の中で、私《わたし》が階段《かいだん》を降《お》りるところが出て来ないの。だから慣《な》れてないのよ」

少女はどう見ても真面目《まじめ》にしゃべっていた。

「本の中に、ね」

幹夫は肯《うなず》いて、「そうだっけ？　何となく階段《かいだん》を静《しず》かに降《お》りて来る、って場面があったみたいだけど」

「ありそうでしょ？　でも、ないの。本当よ。もう一度読んでみて」

「分ったよ」

幹夫は笑《わら》って、「立てるのか？」

「ええ……。ちょっと肩《かた》を貸《か》してくれる？　そこのドアが居間《いま》だから」

「大きなワシのはく製《せい》があるんだろ？」

「そう！　憶《おぼ》えててくれたのね！」

少女は嬉《うれ》しそうに言った。

「何回読んだと思ってるんだ」

居間《いま》は、幹夫のイメージより少し狭《せま》い感じだった。――まあ、土地が狭《せま》かったのかもしれないな、と幹夫は思った。うちのリビングなんか、ソファがなかったら、ただの隙間《すきま》みたいなもんだ。

「――もう大丈夫《だいじょうぶ》だわ」

と、少女は、幹夫から離《はな》れて、エヘンと咳払《せきばら》いすると、「よくいらっしゃいました」と改《あらた》めて挨拶《あいさつ》した。

「ど、どうも」

幹夫はあわてて頭を下げた。

由紀子は、門の外から、建物《たてもの》を眺《なが》めていた。

ドアが開いて、幹夫が出て来る。一人ではなかった。白っぽい服の女の子が一緒《いっしょ》だ。

「へえ。――カンちゃんったら」

少女が手を振《ふ》って、玄関《げんかん》で見送っている。幹夫が何か話しかけて、少女が、明るい笑《わら》い声《ごえ》をたてるのが聞こえた。

幹夫が歩いて来る。少女はドアを閉《し》めて、建物《たてもの》の中へと消えた。

「――何だ、ユッコ。待ってたのか」

と、幹夫が、門の所まで来て言った。

「うん。この門、開かないよ」

「そんなことないだろ」

幹夫が押《お》すと、門はスッと開いた。

「あれ？　本当にびくともしなかったんだよ！」

と、由紀子は目を丸くした。

「人を見るのさ」

「何よ、どういう意味！」

と、由紀子は幹夫をにらんだ。

「お前、どうしてずっと待ってたんだ？　先に帰ってりゃいいのに」

と、幹夫は歩き出しながら、言った。

「ずっと、なんてオーバーよ。ほんの二、三分よ、待ってたの」

「冗談《じょうだん》言うなよ」

と、笑《わら》ってから、幹夫は、パッと足を止めて真剣《しんけん》な顔で由紀子を見つめた。「ユッコ、本当か？」

幹夫が急に真剣《しんけん》になったので、由紀子の方は戸惑《とまど》った。

「何よ。——どうして？　自分だって分るでしょ。二、三分と二、三十分の違《ちが》いぐらい」

「うん。——そうだな」

幹夫は、独《ひと》り言《ごと》のように呟《つぶや》く。「そうか……。やっぱり、そうなんだ」

「何が？」

「うん？　何のことだ？」

「私《わたし》の方が訊《き》いたのよ。どうしたの、カンちゃん。おかしいよ、何だか」

「ああ。そうかもな。俺《おれ》、先に行くよ。そんじゃ！」

幹夫は駆《か》け出《だ》した。

「カンちゃん！　加賀君！　待ってよ！」

由紀子は、幹夫の後を追って走り出したが、すぐに諦《あきら》めた。いくら由紀子が活発な女の子でも、幹夫があんなに本気で走って行ったら、とても追いつけない。

「――もう！　馬鹿《ばか》！」

由紀子は、ちょっとふてくされる。

ま、この「ふてくされ」には色々と理由もあるだろう。――幼《おさな》なじみの仲《なか》としては、何でも平気で話し合える間柄《あいだがら》でいたかったし、その一方では、やっぱり幹夫《みきお》は男の子で、由紀子は女の子で（当り前だけど）、もう十五ともなると、ただ「昔から知ってる」ってだけで、特別《とくべつ》の仲《なか》とも言えなくなって来る。それが、由紀子には、ちょっと寂《さび》しくもあった。

「カンちゃん……」

少し歩いて、それから由紀子は足を止めた。ちょっと立ち止って、迷《まよ》って、それから——引き返してみた。

あの古い家。何だか気になった。

別《べつ》に隠《かく》しているわけじゃないが、由紀子は、幹夫のことが、「気になって」いたのである。

それは、好《す》きとか嫌《きら》いとかいう段階《だんかい》より前ではあるが、どこかで、そこへつながっている「気になり方」だったのだ。

幹夫が走って行って、由紀子が追いつけなかった時、ふと由紀子は胸《むね》をキュッとしめつけられた気がした。思い出したからだ。

幼稚園《ようちえん》で一緒《いっしょ》だったころ、幹夫は走るのが遅《おそ》くて、よく他の男の子にからかわれて泣《な》いたものだ。由紀子はそのころ、体も大きくて、足も速かったから、いつも幹夫を守って、他の子をにらんでやったりしたのだった。

もちろん、そんなのは昔の話で、幹夫は憶《おぼ》えてもいないだろう。由紀子がそんな話を持ち出したら腹《はら》を立てるかもしれない。

でも――由紀子は、もうあのころが遠くへ行ってしまったんだ、と改《あらた》めて感じてしまったのだった。

――この家。

由紀子は、あの女の子のことを、気にしていた。別《べつ》に、やきもちをやくとかいうのじゃなかったが、でも、この家自体、どこか妙《みょう》なところがある。

ということは、ここに住んでいる女の子にも、妙《みょう》なところがある、ってことだろう。

それに、幹夫が言ってた妙《みょう》なこと……。まるで、この家の中に、長いこと居《い》たようなこと、言ってた。しかも、本気で、そう信《しん》じていた。

たった二、三分でしかなかったのに。

でも、考えてみれば、それもおかしい。

幹夫は、今日初《はじ》めてここへ来たんだ。それなのに、入って行ってたった二、三分で、この家の女の子と、あんな風に仲良《なかよ》くなれるもんだろうか?

いや、大体が、幹夫は見も知らない人とすぐ打ちとけるタイプじゃない。どっちかというと、少ない友だちといつも一緒《いっしょ》にいた方がいいって性格《せいかく》なのだ。

それなのに、初《はじ》めての家の中へ、入って行ってしまったり……。カンちゃんらしくないわ、と由紀子は思った。

それに、この門、私《わたし》が開けようとした時には、びくともしなかったのに、カンちゃんが出て来る時はスーッと開いた。それもおかしい……。

由紀子は、験《ため》しに、もう一度、門を開けようとした。——だめだ。全然《ぜんぜん》動こうとしない。

「あ、いけない」

と、由紀子は思わず言った。

さっき、この門を開けようとして、格子《こうし》をつかんだら、赤さびが手についてしまったのだ。またやっちゃった。ハンカチでつかめば良《よ》かった。

だが——手を見た由紀子は、あれ、と思った。手に、さびがついていないのだ。

でも、さっきは……。どうして今度はつかなかったんだろう？

由紀子はもう一度、門の他の所に触《さわ》ってみた。すべすべしていて、どこもさびていないみたいだ。

さっきは、表面がざらついてるみたいだったのに。

「おかしいな……」

由紀子は、首を振《ふ》って呟《つぶや》くと、歩き出した。

少し行って、振《ふ》り返《かえ》ってみる。

誰《だれ》かが自分のことを見送っているような気がしたのである。でも、その門と、その奥《おく》の館《やかた》、どちらにも、人の姿《すがた》は見えなかった。

それでいて、また歩き出した由紀子は、自分がずっと見られている、と感じ続《つづ》けていたのだった。

4　幹夫の家出

授業中《じゅぎょう》だった。

由紀子は、授業《じゅぎょう》に何となく身が入らなかった。入らなくても、成績《せいせき》は悪くない。ま、優等生《ゆうとうせい》ってのは、そんなものである。

先生が、黒板に書いていた手を、ふと止めて、振《ふ》り向《む》いた。

はい、静《しず》かに、とでも言うのかな、と由紀子は思った。しかし――今、教室の中は、そんなにやかましいわけでもない。

「おい、畑中」

と、先生が呼《よ》んだ。

由紀子は、自分が呼《よ》ばれるとは思ってもいなかったので、すぐには返事ができなかった。

「畑中」

と、もう一度呼《よ》ばれて、やっと、

「はい」

と、立ち上がろうとした。

「いや、いいんだ」

先生は、座《すわ》れ、というように手を振《ふ》って、「加賀がどうしたのか、お前、知ってるか？」

「加賀君、ですか」

「うん。お前、昔からよく知ってるんだろう？」

クラスの男の子から、

「恋人同士《こいびとどうし》です！」

「馬鹿《ばか》、いいなずけだよ」

と、からかいの言葉が飛《と》ぶ。

由紀子は、そんなのは無視《むし》していたが、でも確《たし》かに幹夫のことは気になっていた。

この二日、幹夫は学校を休んでいるのだ。

「お家から、連絡《れんらく》ないんですか」

と、由紀子は先生に訊《き》いた。

「うん。先生も気になるんで、電話してみようと思ってるんだが……。お前、何も知らないのか」

「知りません」

と、由紀子は言った。

「そうか。それならいい」

と、先生は肯《うなず》いて、また黒板の方へ向いた。

少しして、教室の戸がガラッと開いた。

「先生、お電話です」

と、事務《じむ》の女の人が、顔を出す。

「ああ。――いいか、自習してろよ」

先生がそう言って出て行く。もちろん、みんなおとなしく、言われた通りに自習――なんてするわけがない。

たちまち、ワイワイガヤガヤと騒《さわ》ぎが始まる。でも、由紀子は、一緒《いっしょ》になって騒《さわ》ぐ気にはなれなかった。

テストの後、二日間も休むなんて……。

テストの結果《けっか》を気にして休むようなカンちゃんじゃない。きっと風邪《かぜ》でもひいて……。

でも、それならなぜ家の人が連絡《れんらく》して来ないんだろう？

幹夫の両親のことは、由紀子も昔から知っている。とても呑気《のんき》で、いい人だけれど、決していい加減《かげん》な人たちじゃない。子供《こども》が学校を休むのに、連絡《れんらく》も入れないなんて……。

「あいつ、ガールフレンドができたんだぜ」

と、男の子の一人が大きな声で言った。「畑中、知ってるか？」

「何をよ」

と、由紀子は訊《き》いた。

「見たんだ、俺《おれ》。加賀の奴《やつ》、変《へん》な白い服着た女の子とさ、夜、出歩いてたぜ」

「ふーん。そう」

「畑中、気にならないのか？」

「どうして私《わたし》が気にするのよ」

と、由紀子は言い返した。

「ま、あの子、可愛《かわい》かったからな。負けるぜ。きっと」

——由紀子は、聞いていないふりをしていた。

でも、その男の子の話は、でたらめではないだろう。その女の子というのは、たぶんあの、角に新しく建《た》った館《やかた》の……。

そのことと、幹夫が休んでいることと、何か関係《かんけい》があるのだろうか。——由紀子は、もちろん幹夫に女の子の友だちができたって別《べつ》にどうってことはない、と思っている。

しかし、あの少女の場合は、少し特別《とくべつ》だった。あの子は、どこか変《かわ》っている。

由紀子は、周囲《しゅうい》の騒《さわ》ぎを気にしないようにして、本を読み始めた。――前から、幹夫が「面白《おもしろ》いから読め」と言ってた本で、やっと本屋で見付《みつ》けて買って来たのだ。テスト前だったので、買って来たきり、ページを開かずに置《お》いていた。

それを、今、やっと開いてみたのである。〈眠《ねむ》っている館《やかた》〉という本だった……。

戸がガタッと開いて、先生が戻《もど》って来た。教室の中は、たちまち魔法《まほう》をかけられたようにシンと静《しず》まり返《かえ》る。

しかし、先生は、授業《じゅぎょう》に戻《もど》るのでなく、

「畑中、ちょっと来てくれ」

と、由紀子を呼《よ》んだのだった。

「はい」

由紀子は立ち上がって、先生について、廊下《ろうか》へと出た。

「――先生」

「うむ。今、加賀のお母さんから電話があった」

と、先生は言った。「困《こま》ったもんだ」

それは、この頭の大分薄《うす》くなった先生の口ぐせだった。

「加賀君、どうかしたんですか」

「一昨日《おととい》から、家に帰っていないそうだ」

「――まさか」

由紀子は、思わず言った。そんなこと――考えられない！

「あいつが家出するようなわけに、心当りあるか？」

と、先生は訊《き》いた。

「家出なんて……。カンちゃん、そんなことしませんよ」

つい、昔の呼《よ》び方《かた》をしていた。

「しかし、実際《じっさい》に帰っていないんだからな」

「あの——事故《じこ》とか、そんなこと、ないんですか」

「それも考えたらしい。警察《けいさつ》へ届《とど》けて、調べてもらったりしている間に、連絡《れんらく》が遅《おく》れた、ということだ」

家出……。幹夫が？

「ご両親は、何か言ってますか」

「まるで思い当ることはない、ってことだった。もしかして、お前の方が何か知ってるかと思ってな」

「知りません、私《わたし》」

「そうか。——なあ、畑中、正直に言ってくれ」

「何をですか？」

「加賀と、お前の間に——その——何かなかったのか？」

由紀子は顔を真赤《まっか》にして、

「どういう意味ですか！」

と、怒鳴《どな》ってやった。

そして、ふと——。由紀子の脳裏《のうり》に、あ、あの館《やかた》と少女の姿《すがた》がちらついた。

「——先生、私《わたし》、捜《さが》しに行ってみます」

と、由紀子は言った。

「何か、心当りがあるのか?」

「はっきり分りませんけど……。でも、ちょっと捜《さが》してみたい所があるんです」

由紀子はそう言って、「でも——先生、私《わたし》一人で行かせて下さい」

「どうしてだ?」

「どうしても。先生、お願《ねが》い!」

由紀子の断固《だんこ》とした口調に、先生も押《お》されて、うん、と言わざるを得《え》なかった。

「じゃ、行ってくれ」

「はい!」

由紀子は、急いで席《せき》に戻《もど》ると、机《つくえ》の上を片付《かたづ》け、鞄《かばん》を手に教室を飛《と》び出《だ》したのだった……。

息を弾《はず》ませて、由紀子は、あの角の館《やかた》へと、やって来た。

古びた、見るからに陰気《いんき》そうな……。

でも、門の前に立って、由紀子は戸惑《とまど》った。

何だか……違《ちが》う。どこか違《ちが》っている。

同じ建物《たてもの》で、同じ門だけれど……。でも、どこかが違《ちが》う。

何だか、いやに建物《たてもの》自体が、きれいになっているのである。漠然《ばくぜん》とした言い方ではあるが、由紀子としては、他の表現《ひょうげん》の仕方が分らなかったのだ。

門の格子《こうし》も、この前見た時より、一段《いちだん》と新しく、ピカピカ光り出しそうで、触《さわ》ってみても、その冷《つめ》たい滑《なめ》らかな感触《かんしょく》には、初《はじ》めて触《ふ》れた時のざらついたさびの手応《てごた》えはなかった。

門を取《と》り換《か》えたのかしら？　それとも、きれいに磨《みが》いたのか。

でなければ……。もちろん、時間がたつにつれて新しくなるなんてことは考えられない。

そんなこと、あるわけがない。

門の前に立って、由紀子はどうしたものか、迷《まよ》っていた。すると――奥《おく》の館《やかた》の玄関《げんかん》のドアが開いた。

そして、幹夫が出て来たのだ。

由紀子はポカンとして、幹夫がいつもの帰り道と同様、鞄《かばん》をさげて、あの少女に手を振《ふ》ってから、門の方へ歩いて来るのを、眺《なが》めていた。

「――何だ、ユッコか」

幹夫は、門を開けて出て来ると、いつもの調子で、言った。

「カンちゃん……」

「何突《つ》っ立《た》ってんだ？　帰るんだろ？」

「え？――うん」

二人は、一緒《いっしょ》に歩き出した。

「どうだった、今日のテスト?」

と、幹夫が訊《き》いた。

「今日のテスト?」

「ああ。何だ、ユッコ、もう忘《わす》れちまったのか、テストのこと」

と、幹夫が屈託《くったく》なく笑《わら》う。

こんなことって――こんなことが、あるんだろうか?

「カンちゃん……」

「うん?」

「あのね――」

と、由紀子は言った。

5　時間の進み方

「参《まい》ったな！」

と、幹夫は言った。「俺《おれ》が家出なんか、するわけないじゃないか！」

「だけど、一昨日《おととい》から帰ってないんだよ、本当に」

由紀子の話に、幹夫はびっくりしてはいたが、疑《うたが》っている様子はなかった。

「ともかく、早くお家へ帰らないと」

と、由紀子は言った。

「うん……。だけど、何て言うんだ？　ちょっと寄《よ》り道《みち》してたら、二日たっちゃった、って？」

「しょうがないわよ。だって、お父さんやお母さん、死ぬほど心配してるよ」

「そうだな……」

二人は、何となく、足を止めた。

「カンちゃん――」

由紀子は、少しためらってから、言った。「本当は、あの家に、二日もいたわけじゃないんでしょ」

「せいぜい、二、三時間だよ。本当だぜ」

「何してたの?」

「それは――」

と、幹夫は詰《つま》った。

「言いたくなきゃいいけどさ」

「そんなことないよ」

と、幹夫は言った。「ただ……」

少女は、幹夫をもてなそうと、せっせと立《た》ち働《はたら》いてくれた。

テストが終ったら、また来るよ。——幹夫は、この前帰る時に、そう約束《やくそく》していたのである。

不思議《ふしぎ》だった。少女は前に会った時よりずっと活《い》き活《い》きして、楽しげで、しかし——やっぱり、「本に書いてないこと」は苦手のようだった。

「——どう?」

少女が作って出してくれたオムレツを、幹夫《みきお》は一口食べて、目を丸くした。やたらに甘《あま》い! それでも、

「おいしくない?」

と、真剣《しんけん》な表情《ひょうじょう》で訊《き》く少女を見ていると、

「まずい」

とは言えなかった。

「うん。——ちょっと砂糖《さとう》の入れすぎかもしれないな。でも、おいしいよ」

「そう」

少女はホッとした様子だった。「お料理《りょうり》ってしたことないから、心配だったの。書斎《しょさい》にあった本を参考《さんこう》にしたんだけど、古い本でしょ。ところどころ読めなくなってて」

なるほどね、と幹夫は思った。

紅茶《こうちゃ》をいれてくれて、これはおいしかった。ちゃんと本の中でも、紅茶《こうちゃ》をいれる場面がある。

「――君、名前は何ていうんだ?」

と、幹夫は訊《き》いた。

少女が、ちょっと悲しげな顔になる。

「あ、そうか」

本の中でも、少女は名前がないのだ。「ごめん、変《へん》なこと訊《き》いちゃって」

「いいの。何でも、あなたの好《す》きな名前つけて構《かま》わないのよ」

「そういうわけにもいかないよ」

と、幹夫は言った。「でも――こんなこと、よくあるの?」

「こんなことって？」

「つまり……本当にこうやって世の中へ出て来るっていうか……」

少女は、少し考えてから、

「ごく、たまには」

と、答えた。

「そうか」

「いつまでもいられるわけじゃないの。それに、どこへでも出て行けるわけじゃないしね」

そりゃそうだろう。本の中の世界なら、いつまでも変《かわ》らずにいられても、現実《げんじつ》の世界となると、そうはいかない。

「この館《やかた》が建《た》つだけの空地がなくちゃいけないし、その近くに、熱心《ねっしん》にこの本を読んでくれる人がいなくちゃ、出て来られないし……。なかなか、そんなことって、ないんだもの」

「そうだろうな」

幹夫は、広い居間《いま》の中を見回した。「いつでも――一人で住んでるのか」

「そう」

本の中でも、少女はこの館《やかた》に、一人で暮《くら》している。

「つまんないだろ、一人じゃ」

「でも、そうでないと、本と違《ちが》っちゃう」

「それもそうか」

と、幹夫は笑《わら》った。

「クッキー焼《や》いたの。食べる？」

「――うん」

一瞬《いっしゅん》考えた。本の中で、クッキー焼《や》くところって、あったっけ。

「じゃ――本当に？」

由紀子は、つい念《ねん》を押《お》していた。

「信《しん》じなきゃ、それでもいいけどさ」

と、幹夫は言った。

「そうじゃないけど……」

すぐに信《しん》じる方がどうかしてるだろう。本の中の世界が、実際《じっさい》にこの近所に現《あら》われた、なんてこと。

「でも、ユッコも見ただろ、あの女の子?」

「うん。幽霊《ゆうれい》じゃなかったね」

「そうなんだ。一人ぼっちで寂《さび》しそうだからさ。つい話し相手になって……。でも、二日もたってたなんて!」

由紀子は、幹夫の話を信《しん》じていた。しかし、それを両親や先生に信《しん》じてもらえるかどうかとなると、話は別《べつ》だ。

「――どうする?」

と、由紀子が言うと、

「こっちだって、分んないよ」

と、幹夫も途方《とほう》にくれている。

「うまく説明《せつめい》しなきゃ。非行《ひこう》少年にされちゃうよ」

「よせやい」

「でも、どうしてそんなことになったのかしらね」

「たぶん……本の中の世界だと、時間の進み方が違《ちが》うんだろうな。――ほら、たった一、二秒のことを、何ページも書くことだってあるし、『その何日後』とか、一言で飛《と》んじゃうこともあるし」

「あ、そうか」

「いや、これは今思《おも》い付《つ》いたんだけどさ」

と、幹夫は笑《わら》って言った。「でも、きっと、本当にそうなんだな」

「だけど、それを他の人に信《しん》じてもらうのは大変《たいへん》よ」

「何か考えなきゃな」

と、幹夫は頭をかいた。

「私《わたし》と駆《か》け落《お》ちしてたことにする?」

二人は、一緒《いっしょ》に笑《わら》った。

もちろん笑《わら》いごとじゃなかったけど……。でも、少しは冗談《じょうだん》でも言わないと。

「――迷子《まいご》になった、とも言えないしな。どこかで頭打ってのびてた、とでも言うか」

「大騒《おおさわ》ぎよ、そんなこと言ったら、きっと病院とか連《つ》れて行《い》かれて」

「他に方法《ほうほう》、ないだろ」

「うん……」

でも――まあ、ともかく無事《ぶじ》に戻《もど》って来たんだから、幹夫の両親も何も言わないだろう。

問題は、それより、むしろ――。

「カンちゃん」

「うん？」

「い、また行くの？」

「どこへ？」

「分ってるでしょ」

幹夫は、ちょっと困《こま》ったように下を見て、足下《あしもと》の小石をけとばした。

「一応《いちおう》――また来る、って言っちゃった」

「だけど、どうなるの、こんなことが、またあったら？」

「うん……」

「『二日後』だから、まだ良《よ》かったけど、これがもし『一年後』にでもなったら、大変《たいへん》じゃない」

幹夫は、目をパチクリさせて、

「――そうか！　考えなかったよ、そんなこと」

と、声を上げた。

「もう、行かない方がいいよ。その子のことは可哀《かわい》そうだけど、でも、仕方ないじゃないの」

「そうだなあ」

「ずっと行かなかったら、諦《あきら》めて、他の子のところへでも行くんじゃない?」

「かもな」

由紀子は、ちょっと間を置《お》いて、

「その子のこと、好《す》きなの?」

幹夫は、肩《かた》をすくめて、

「そんな相手じゃないぜ」

と、言った。「な、考えてくれよ、何か、うまい言《い》い訳《わけ》を」

由紀子は黙《だま》って肯《うなず》いた。

——帰ったら、あの本を、じっくり読んでみよう、と思った。

6　地主

「けしからん！」

と、その太った男が言った。

由紀子は、足を止めて、それを見ていた。

「何てことだ！　勝手に人の土地にこんなでかい家を……」

――目をみはるような、大きな外国の自動車が、その館《やかた》の門の前に停《とま》ったので、由紀子は、立ち去りかけていた足を止めたのだった。

幹夫が「家出」から戻《もど》った三日後のことだ。幹夫の家出の言《い》い訳《わけ》は、あまりうまくいったとは言えなかった。大体、中学生が二日も姿《すがた》を消して、

「何でもなかったんだよ」

と言ったって、親も先生も納得《なっとく》しなくて当り前である。

結局《けっきょく》は、「説明《せつめい》できないような、よからぬ事情《じじょう》があったのに違《ちが》いない」ということになって、幹夫は両親ともども学校で、注意を受けた。

さすがに、呑気《のんき》な幹夫の母親も、

「決して、こんなことがないように、よく監督《かんとく》いたします」

と、先生に頭を下げたらしい。

「だけど、その帰りに、うちの母さん、友だちと約束《やくそく》がある、って、出かけちゃったんだよな」

と、幹夫が愉快《ゆかい》そうに言っていた。

由紀子も、そういう加賀家の雰囲気《ふんいき》が、とても好《す》きだ。

もちろん、由紀子も、小さいころから、沢山《たくさん》の友だちの家へ遊びに行っているが、とても居心地《いごこち》が良《よ》くて、帰りたくなくなる家と、うんともてなしてごちそうしてくれても、早く帰りたくなる家と二種類《しゅるい》あるような気がしていた。

一体どこが、どう違《ちが》うのか、よくは分らないけれども、今、十五歳《さい》になって、由紀子はこう考えている。——親が子供《こども》を信《しん》じている家と、信《しん》じていない家の違《ちが》いじゃないかしら、と……。

「信《しん》じている」というのは、決して、

「うちの子に限《かぎ》って、そんなことは——」

というタイプの親のことじゃない。

むしろ、

「子供《こども》は、失敗《しっぱい》もするし、間違《まちが》いもするものだ」

と分っていて、そこも含《ふく》めて、子供《こども》を愛《あい》している、ということなのだ。

自分の子供《こども》の「いいところ」だけを——それも、親にとって都合のいいところだけ、なんだけど——愛《あい》している人は、自分でも知らないうちに、子供《こども》を追いつめて、苦しめてしまうのだ。

幹夫の家は、もちろん前のタイプだ。由紀子自身の家にしても、そうだった。

だから、幹夫の「家出」騒《さわ》ぎでも、両親は、幹夫が無事《ぶじ》に帰って来たことで、安心してしまっていた。

そのこと自体には、由紀子もホッとしたのだが、しかし、安心していられないのは、由紀子だけが、「本当のこと」を――それが、どんなにとんでもないことかを、承知《しょうち》していたからである。

だから、こうして、今日もつい、この角の館《やかた》を見に来たのだ。幹夫が、ここへ立ち寄《よ》っていないか、確《たし》かめたいという気持も、ないではなかった。

ところが――その太った男が、大きな車で現《あら》われて、思いもかけない成《な》り行《ゆ》きになって来た。

「おい、ここで待ってろ」

と、太った男は、車の運転手にそう声をかけると、門の方へと歩いて行った。

だが、もちろん、門は押《お》せども引けども、少しも動かない。男は、苛々《いらいら》した様子で、どこかにインタホンらしきものがないか捜《さが》しているようだった。

「畜生《ちくしょう》!」

と、吐《は》き捨《す》てるように言うと、車へ戻《もど》って行く。

諦《あきら》めたのか、と由紀子が思って見ていると、男は車の外から、運転手に何か言っている。――何度かやりとりがあった。

そして、男は、車から離《はな》れて、門のわきに立った。車は、少しバックすると、ハンドルを切って……。

「うそ!」

と、思わず由紀子が口に出して言ってしまったのも当然《とうぜん》だろう。

その大きな車は、門に正面からぶつかって行ったのだ!

ただ、ぶつかるといっても、ゆっくり走って来てのことだから、車も門も、そうひどく傷《きず》ついたわけでもないだろう。それにしても、車が当って、門は大きな音をたてて、揺《ゆ》れた。

門を壊《こわ》して入る気はないらしい。車はそのまま少しバックして、また門へ鼻先をぶつけた。館《やかた》の中の人間を、ここへ呼《よ》び出《だ》してやろう、というわけだ。

「おい待て」

と、男が、運転手の方へ手を上げて見せた。

館《やかた》から、あの少女が姿《すがた》を見せたのだ。由紀子は少し後ずさりして、少女の目につかないようにした。

「――何してらっしゃるんですか?」

少女は、別《べつ》に怯《おび》えた様子もなく、訊《き》いた。

「中へ入りたいが、他に方法《ほうほう》もないので、ノックしたのさ」

と、男は平然《へいぜん》と言った。

「どんなご用ですか」

「それはこっちの訊《き》くことだね。なぜ、私《わたし》の土地に、勝手にこんな物を建《た》てたのか」

少女は、少しの間、その男を見つめていたが、

「ここの土地を……」

「ここの地主だ。君はここの娘《むすめ》さんか?」

少女は、答えなかった。男は続《つづ》けた。

「親父《おやじ》さんに会わせてもらおう。ここは間もなくマンションになる。こんな家は即刻《そっこく》取《と》り壊《こわ》してもらわんとな」

少女は、ちょっと館《やかた》の方を振《ふ》り向《む》いて、

「——じゃ、お入り下さい」

と、言った。

少女が引くと、門がスッと開いた。男は少々面食らったらしい。

「どうぞお車も」

門が両側《りょうがわ》へ一杯《いっぱい》に開くと、大きな車が中へ滑《すべ》るように入って行く。男は、その後から、やたらそっくり返って歩いて行った。

少女は、門を閉《し》めた。それはまあ、当然《とうぜん》のこととしても——それから、館《やかた》の方へ戻《もど》ろうとして、一瞬《いっしゅん》、道を眺《なが》め渡《わた》したのだ。その目は、どこか不安《ふあん》げで、人目がないかを、ひどく気にしているように見えた。

由紀子は、ハッとして、電柱の陰《かげ》に身を隠《かく》したので、少女には見られなかったらしい。

そっと覗《のぞ》くと、少女が足早に玄関《げんかん》へと入って行き、あの太った男がそれについて中へ消えた。大きな車は、そのまま玄関前《げんかんまえ》に横づけになっていた。

——地主か。

由紀子は何となくホッとした。

もちろん、幹夫のように、この幻想《げんそう》みたいなできごとを、少しも不思議《ふしぎ》がらずに受けいれてしまう気持も、分らないわけじゃない。

でも、やはり由紀子としては、不安《ふあん》だったのだ。幻想《げんそう》は、あくまで幻《まぼろし》だから美しいので、それが現実《げんじつ》になってしまう、というのは、何か間違《まちが》っている、という気がした。

だから、ここの「地主」なんていう、散文的《さんぶんてき》な、幻《まぼろし》や夢《ゆめ》とは何の関係《かんけい》もないものが入りこんだことで、この奇妙《きみょう》な「幻影《げんえい》の家」も、消えてなくなるんじゃないか、と思ったのだ。

もちろん、今のところ、館《やかた》はちゃんと、そこにあったけれど。

由紀子は、歩き出した。――気にはなったが、いつまでもここにいるわけにはいかない。

由紀子にも、「習いごと」なるものがあって、もう、ピアノのレッスンに間に合うかどうかという時間だったのだ。

少し歩いてみて、由紀子は足を止めた。どうしても気になる。

由紀子は、駆《か》け足《あし》で戻《もど》って行った。あの館《やかた》が、そっくり消えてなくなっている、なんてことが……。

息を弾《はず》ませて戻《もど》った由紀子は、失望《しつぼう》することになった。――その館《やかた》も、門も、ちゃんとそこにあった。何の変《かわ》りもなく。

ただ……。あれ、と思ったのは、ついさっき、玄関前《げんかんまえ》に停《と》まっていた、あの大きな車が見えなくなってしまったことだ。

いつの間に行っちゃったんだろう?

あの、強気だった地主が、ほんの一、二分で帰ってしまうなんてことがあるだろうか？　それに、どう考えても、あの車が、また門を出て走って行けば、その音ぐらいは由紀子の耳に届《とど》いているはずだ。

由紀子は、ゆっくりと門の方へ歩いて行った。奥《おく》の館《やかた》からは、誰《だれ》も出て来る様子はない。

こわごわ手を伸《の》ばして、そっと門に触《ふ》れる。すると——門が、まるで生きもののように、それに反応《はんのう》して、スッと開いた。

由紀子は、ハッとして手を引《ひ》っ込《こ》めた。門は、まるで「こっちへおいで」と手を差《さ》しのべているような様子で、人、一人が通れるくらいの幅《はば》に開いている。

由紀子は、膝《ひざ》が震《ふる》えた。こんなに「怖《こわ》い」と思ったのは初《はじ》めてだ。

まるで、この館《やかた》が、手を伸《の》ばして自分を捕《つか》まえようとしているかのようで、思わず後ずさった。すると、門はまたスッと閉《と》じた。おそらく、もう押《お》しても引いても、びくともしないだろう。

しかし、それを確《たし》かめるために、門に手を触《ふ》れる気には、とてもなれなかった。

由紀子は逃《に》げるように、その場を立ち去ったのだった……。

7 雲の形

「私《わたし》、調べてみたわ」

と、由紀子は言った。「やっぱり、あそこの土地を持ってる人、三日前から行方不《ゆくえふ》明《めい》になってるのよ。車ごと。——消えちゃったんだわ。ちょうど、私《わたし》がその人と車を見た日から、よ。偶然《ぐうぜん》じゃないと思わない?」

由紀子は、しばらく待って、幹夫が返事をしないので、戸惑《とまど》った。聞いてないの? そう訊《き》こうとして、幹夫の方を向く。

——昼休みだった。

いいお天気で、青空を雲がゆっくりと形を変《か》えつつ、流れている。

芝生《しばふ》の上に、由紀子は座《すわ》り込《こ》んでいた。幹夫の方は、仰《あお》向《む》けに寝《ね》て、青空を眺《なが》めている。

「カンちゃん」

と、由紀子が言いかけると、

「だめだなあ」

と、幹夫が言った。

「え？」

「雲さ」

「雲？——雲がどうかした？」

由紀子は空を仰《あお》いで、目を細めた。

「もっと子供《こども》のころならさ、雲の形がどんどん変《かわ》って行っても、すぐに、あ、今は牛になってる、とか、魚になった、とか、タンカーだ、とか、色んなものを次から次に連想《れんそう》できたんだ」

幹夫は、懐《なつ》かしそうな声で言って、「でも——」

と、かすかに首を振《ふ》った。

「今は?」

「だめだよ、今は。一つ考えるだろ、これはスキーヤーだとか。そうなると、その雲の形が変《かわ》ると、腹《はら》が立つんだよな。別《べつ》に、雲の方はこっちに合わせる義理《ぎり》なんかないのに……。頭が固《かた》くなってんだろうなあ、僕《ぼく》らも」

「でも、カンちゃんはまだまだ自由だよ」

と、由紀子は言った。「私《わたし》なんか、ロールシャッハテストやられたって、学者の方が困《こま》るんじゃない? ただのインクのしみに見えます、とか言っちゃってさ」

幹夫は笑《わら》った。由紀子も笑《わら》った。

その笑《わら》いのハーモニーは、ずっとずっと小さいころと同じだった。でも、――笑《わら》っていられる場合じゃないんだってことを、二人とも知っているのだ。

「――ね、カンちゃん」

「考え過ぎだよ、ユッコの」

と、幹夫は言った。「あの女の子が、地主のおっさんと、でかい外車をどこかへ消しちゃったって言うのか？」

「分んないけどさ……。でも、私《わたし》、感じたのよ。あの建物《たても の》って、どこかおかしいわ」

「そりゃ、架空《かくう》のものだもんな、もともとが」

「カンちゃん」

由紀子は、幹夫の隣《となり》に、腹這《はらば》いになって、「もうあの家に行かないで。お願《ねが》いだから」

「どうして？」

「心配なんだもん！　この前みたいなことがまたあるとしたら――」

「もうそんなことない。大丈夫《だいじょうぶ》だよ」

幹夫の口調で、由紀子には分った。

「カンちゃん。また行ったのね？――そうなのね？」

と問いかける。

「まあな」

幹夫は、ちょっと「しまった」という顔をしたが、すぐにさりげない様子で言った。

「向うは何百年も話し相手なしだったんだ。寂《さび》しいんだよ。だから僕《ぼく》が話し相手になってやる。——構《かま》わないじゃないか、それくらい」

「知らない内に二日もたってたのよ、この前は」

「あれは謝《あやま》ってたよ。僕《ぼく》に料理《りょうり》作ったりしてて、ついうっかりしちゃったんだって。もう絶対《ぜったい》にそんなことしないから、って言ってたよ」

「そりゃそうかもしれないけど……。でも、その子のこと、信《しん》じないわけじゃないけれど、やっぱり心配よ」

「子供《こども》じゃないんだぜ。心配すんなよ」

と、幹夫はうるさそうに言った。

もっと言いたいのを、由紀子は、何とかのみ込《こ》んだ。

幹夫を怒《おこ》らせたくなかったのだ。それに、止めようとしたって、幹夫自身が、行くのをやめようと思わなきゃ、止めることなんかできっこない。

「分ったわ」

と、由紀子は言った。「だけど――少なくともあの地主さんの行方《ゆくえ》が分らない内は行かない方がいいわよ」

「何年か、ひょっとすると何十年か先の世界に、送られちゃったのかもしれないぜ」

と、幹夫はおどけて言った。「でなきゃ、ずっと昔か。――今ごろ、外車で江戸《えど》時代とかを走ってたりしてな。面白《おもしろ》いぞ」

「カンちゃんったら！」

由紀子はムッとして、「人が心配してるのに、ふざけてばっかりいて！」

と、立ち上がった。

「ユッコ――」

「どこへでも行っちゃえば？　あの女の子と一緒《いっしょ》に！」

由紀子が、ほとんど駆《か》け出《だ》すような足取りで、校舎《こうしゃ》へ戻《もど》って行く。

「おい、ユッコ！」

と、幹夫が起き上がって呼《よ》ぶと、由紀子はパッと振《ふ》り向《む》いて、

「私《わたし》、『ユッコ』じゃなくて『由紀子』なんだからね！」

と、大声で言って、そのまま行ってしまう。

やれやれ、と幹夫はため息をついて、立ち上がった。

「ヒステリー」

と、小さくなった由紀子の後ろ姿《うしろすがた》に、呟《つぶや》いてみる。

由紀子の心配は、幹夫にも分っている。でも、あの少女が、人に危害《きがい》を加《くわ》えたりしないことぐらい、幹夫にもよく分っているのだ。何といっても、あの本を隅《すみ》から隅《すみ》まで読んで、あの少女のことは、誰《だれ》よりもよく知っている。

あの子は、ただ寂《さび》しいだけなのだ。

だって――いくら本の中の人間だから、って、いつまでも一人で、話し相手もなく、過《す》ごさなきゃいけないなんて……。そんな悲しいことがあるだろうか？

本の中で、少女は外の世界へと出て行こうとするのだが、結局《けっきょく》はまた一人ぼっちの生活を選《えら》んでしまう。だから――いつも少女は一人でいる定めなのだ。

地主か……。

館《やかた》がたとえ「幻《まぼろし》」であっても、少なくとも今は、現実《げんじつ》にあそこに建《た》っている。ということは、いつかそんな風に、地主が現《あら》われることも、当然《とうぜん》予想できただろう。

地主が行方不明《ゆくえふめい》、か……。

「まさか」

と、幹夫は呟《つぶや》いた。

そんな奴《やつ》なら、他にもいくらだって恨《うら》んでいる人間がいるだろう。何も、あの少女でなくても。

由紀子の取《と》り越《こ》し苦労《ぐろう》さ。そうだとも。

午後の授業《じゅぎょう》を告《つ》げるチャイムが鳴った。幹夫は、立ち上がって、伸《の》びをすると、校《こう》舎《しゃ》へと戻《もど》って行った。

——教室へ入った幹夫は、つい由紀子の席《せき》の方へ、目をやっていた。

「あれ?」

机《つくえ》の上が、きれいに片付《かたづ》いて、鞄《かばん》も見えない。幹夫は、由紀子の隣《となり》の席《せき》の女の子に、

「おい、畑中、どうしたんだ?」

と、訊《き》いてみた。

「由紀子、早退《そうたい》」

「早退《そうたい》? 何で?」

「知らない。何だか頭が痛《いた》い、とか言ってたよ」

聞いていた男子生徒《せいと》が、

「畑中がいないと、寂《さび》しくてだめか」

と、からかった。

「馬鹿《ばか》言え」

と、幹夫は言い返した。

「加賀君、由紀子をいじめたんじゃないの?」

と、訊《き》く女の子もいる。

「いじめられて、おとなしく泣《な》いてる奴《やつ》じゃないよ」

と、幹夫は言った。

「ああ！　そういうひどいこと言って！　乙女心《おとめごころ》を傷《きず》つけてんだぞ」

女の子たちが、キャーキャーはやし立てる。幹夫は、構《かま》わないことにして、そのまま自分の席《せき》へと戻《もど》って行った。

8　肖像《しょうぞう》

門の前まで来て、由紀子は、しばらくためらっていた。

怖《こわ》くない、と言えば嘘になる。でも——他には、いい方法《ほうほう》を思《おも》い付《つ》かなかったのだ。

門は、閉《と》じていた。そして、館《やかた》にも人の姿《すがた》は見えない。でも、いないわけじゃないのだろう。

この間、あの地主が車を門にぶつけたら、あの少女が出て来た。ちゃんとこの場所の様子を、どこかから見ているのかもしれない。

由紀子は、深呼吸《しんこきゅう》をした。――ともかく、やってみるしかない。門に手を触《ふ》れようとして、ちょっと迷《まよ》った。心を決めていたから、怖《こわ》いわけじゃなかったのだ。ただ、もし万が一のことがあったら……。

由紀子は、門から少し離《はな》れた植込《うえこ》みの陰《かげ》に、目に付《つ》かないように、自分の学生鞄《かばん》を隠《かく》しておいた。

そして、ピンと背筋《せすじ》を伸《の》ばすと、門に向って真直《まっす》ぐ歩いて行き、手をのばす。

今度は開くだろうという予感みたいなものがあった。それは正しかった。手が触《ふ》れただけで、門はスッと少し開いたのだ。ためらうことなく、由紀子は門の中へと入って行った。

――何だか、不思議《ふしぎ》な感じだ。門の中といったって、建物《たてもの》の中とは違《ちが》って、外に変《かわ》りはないのに、何となく空気が違《ちが》う。

気のせいだわ、と自分へ言い聞かせた。

ムードっていうのに、人間の感覚《かんかく》は大いに左右されるんだから……。

玄関《げんかん》の手前で、由紀子は足を止めた。下の土に、かすかだが、タイヤの跡《あと》が残《のこ》っている。たぶん、あの大きな外車のタイヤだろう。

もちろん、今となっては、そのタイヤ跡《あと》を追って行くことなどできないけれど。

玄関《げんかん》のドアが開いた。由紀子が顔を上げると、あの少女が立っている。

「何かご用ですか」

と、少女は訊《き》いた。

「え――あの――」

由紀子は、この時になって、この少女にまずどう話をしようか、決めていなかったことを思い出した。

「ああ！」

と、少女が微笑《ほほえ》んだ。「幹夫さんのお友だちね」

「ええ……」

由紀子は、戸惑《とまど》って、「どうして知ってるの?」

「幹夫さんから、聞いたことがあるの。小さいころから、お知り合いなんですってね」

「ええ、まあ……」

カンちゃん、ったら! 勝手に私《わたし》の悪口なんかしゃべったんでしょ!——由紀子は勝手に怒《おこ》っている。

「どうぞ」

と、少女は、わきへ退《しりぞ》いて、由紀子を促《うなが》した。

このために来たんだ。由紀子は思い切って、館《やかた》の中へと入って行った。

家に帰った幹夫は、一休みしてから、由紀子の家へ電話を入れてみた。

「——あ、加賀幹夫です」

「あら、カンちゃん。どうしたの?」

由紀子の母とも、もちろん、古いなじみだ。

「ユッコ、どうですか」

と、幹夫は訊《き》いた。

「え？　まだ帰ってないけど……。由紀子がどうかした？」

「そうですか。あの――」

幹夫は、ちょっとあわてて、「いえ、ちょっと、何だか頭が痛《いた》いとかって言ってたんで……」

「由紀子が？　あら、それじゃ帰ったら、訊《き》いてみるわ。でも、丈夫《じょうぶ》な子だから。わざわざ心配して電話してくれたの？」

「ええ……」

「悪かったわね。あの子ったら、頭が痛《いた》いのなら、早く帰って来りゃいいのに。戻《もど》ったら、電話させるわ」

「すみません」

幹夫は電話を切って、首をかしげた。

あいつ……。昼で帰ったくせに、今ごろまでどこをうろついてるんだ？

人のこと、あれこれ言っといて！　幹夫は、肩《かた》をすくめて、自分の部屋へと上がって行った。

ベッドにひっくり返り、天井《てんじょう》を見上げる。

いつも通りの、色んな顔が、幹夫を見下ろしている。

あの少女と、話したりするようになってから、却《かえ》って天井《てんじょう》に、少女の姿《すがた》を見付《みつ》けることはむずかしくなった。どう想像力《そうぞうりょく》を働《はたら》かせたって、本物そっくり、ってわけにはいかないのだから、違《ちが》うところばかりが目に付《つ》いてしまうのである。

幹夫は、手をのばして、あの本を手に取った。ゆっくりとページをめくって行く。

「――仕度《したく》をしていないので、少し待っててね」

と、少女は由紀子を居間《いま》へ残《のこ》して、出て行こうとする。

「あの――お構《かま》いなく」

と、由紀子は言った。「すぐ帰るから」

「そんなこと言わないで」

と、少女は、ちょっと悲しげな目で、由紀子を見た。「すぐ紅茶《こうちゃ》をいれるわ。――紅茶《こうちゃ》をいれるのだけは上手なの」

それは由紀子も知っていた。断《ことわ》るわけにもいかない。

「じゃ……」

と、ソファに腰《こし》をおろす。

少女は出て行った。――由紀子は、何となく落ちつかなかった。

もちろん、少女に話すべきことは、分っている。――幹夫をこれ以上《いじょう》、本の中へ引《ひ》きずり込《こ》まないで、ということだ。

でも、どう話したものか。由紀子は、こんなこともあるかもしれない、と信《しん》じているが、でも、いざ口に出すとなると、何だか馬鹿《ばか》みたいに聞こえるんじゃないかしら、と思ったのだ。

でも、ともかく正面切って話すしかない。相手が吸血鬼《きゅうけつき》か何かなら、十字架《じゅうじか》だの聖《せい》水《すい》だので退散《たいさん》させることもできるかもしれない。でも、この相手は、そうはいかないのだ。

由紀子は、じっと座《すわ》っていられず、立ち上がって、居間《いま》の中を、ゆっくりと歩いた。広い。——ため息が出るくらいの豪華《ごうか》な部屋だ。

由紀子も、あの本は読んでいるが、こんなに立派《りっぱ》な居間《いま》だとは、思わなかった。

由紀子は、窓《まど》から、庭を眺《なが》めた。そして……。

ふと、誰《だれ》かの視線《しせん》を感じて、振《ふ》り向《む》いた。でも、居間《いま》の中には、由紀子一人しかいない。誰《だれ》も見ているわけがないのに——でも、確《たし》かに、見られているような……。

由紀子の目は、居間《いま》の壁《かべ》に並《なら》んだ肖像画《しょうぞうが》に止った。あの少女の、親や、その親たちだろうか。

本の中には、ただの「肖像画《しょうぞうが》」としか出ていなかったと思ったけど。

由紀子の目は、一つ一つの肖像《しょうぞう》を追って行ったが、その一つに、目が止った。どこかで見たことのあるような顔が、描《えが》かれていたのだ。

ずいぶん新しい絵のようで、絵具の光り具合も、生々しい。——中年の男の絵。

誰《だれ》だろう？　どうして、どこかで見たような気がするんだろう？

首をかしげていると、

「お待たせして」

と、少女が盆《ぼん》を手に、入って来た。

——紅茶《こうちゃ》は、本当においしかった。

「私《わたし》、あなたにお願《ねが》いがあって来たの」

と、由紀子は、紅茶《こうちゃ》を半分ほど飲むと、言った。

「何かしら？　私《わたし》、大したことはできないけど……」

「あなたのことは、よく知ってるわ。私《わたし》も、〈眠《ねむ》っている館《やかた》〉を何度も読んだから」

「幹夫さんからも聞いた？」

「ええ。あなたが、長い間、ずっと一人ぼっちだったことは、気《き》の毒《どく》だと思うわ。でも、幹夫君は本の中の人間じゃない。もちろんあの本のことは好《す》きかもしれないけど、いつか、必《かなら》ず卒業《そつぎょう》する時が来るわ。そうでなきゃおかしいのよ」

少女は、別《べつ》に反論《はんろん》するでもなく、黙《だま》って由紀子の話を聞いていた。

「あなたが、この間、幹夫君を二日間もここに置《お》いてたことは、ついうっかりしたんだと思うけど。でも――いつまでも、こんなこと続《つづ》けていられないでしょう?」

「どうして?」

と、少女は、じっと由紀子を見つめて、訊《き》いた。

「どうして、って……。だって、そうでしょう。現《げん》に、ここの土地を持ってる人が、やって来たはずだわ」

少女は、ドキッとした様子だった。そして由紀子も、自分の言葉に、ハッと息を呑んだのだった。

あの肖像画《しょうぞうが》! あの絵は――間違《まちが》いない、あの地主の絵だ。

どうして、行方不明《ゆくえふめい》になった人の肖像画《しょうぞうが》が、ここにあるのか。

直感的《ちょっかんてき》に、信《しん》じられないような結論《けつろん》を、由紀子は出していた。——あの地主は、あの絵に、閉《と》じ込《こ》められたのだ……。

由紀子は、肖像画《しょうぞうが》を見て、それから少女へと視線《しせん》を戻《もど》した。

少女は、立ち上がっていた。青ざめた顔は、何かを決意したように、固《かた》くこわばっていた……。

「何するのよ……」

と、由紀子は後ずさった。「私《わたし》も、あの地主みたいに、絵にして飾《かざ》っておくの?」

少女は首を振《ふ》った。そして、急に目を輝《かがや》かせた。

「そんな必要《ひつよう》ないわ!」

と、少女は言った。「もう、幹夫さんは私《わたし》のものなんだから!」

「何ですって?」

由紀子が青ざめた。「それ——どういう意味なの?」

「この家はね、今日までしかここにいられないの。でも、あと一度、幹夫さんがここへ入って来てくれたら……。そうしたら、幹夫さんは本の中の人になるのよ」

「でたらめだわ！」

と、由紀子は言い返した。

「本当よ。私《わたし》がどうしてあんなことまでしなきゃいけなかったか、分るでしょう」

少女は、あの肖像《しょうぞう》画《が》を見た。「私《わたし》が行って連《つ》れて来《く》ることはできないの。自分から進んでここへ来てくれないと。あと一度。あと一度で、いいんだから」

「今日中には、カンちゃんは来ないわよ」

と、由紀子は言った。

「いいえ」

「どうして分るの？」

「現《げん》に、今、こっちに向ってるわ」

「まさか！」

「本当よ。家で私《わたし》の本を開いて、見付《みつ》けたから」

「何を?」

「あなたの話した、その地主の乗っていた車が、置物《おきもの》になって庭に置《お》かれてるのを。前にはなかった文章が付《つ》け加《くわ》わってるのを見たのよ」

「でも――」

「あなたがここに来ているのを、分ったんだわ。だから駆《か》けつけて来るのよ」

由紀子は、少女の弾《はず》むような言葉が嘘ではないと知った。

「やめて！　そんなこといけない！」

と、由紀子は叫《さけ》んだ。

「どうして?　私《わたし》はずっと一人だったのよ。――私《わたし》の前を素通《すどお》りして行く人たちを、私《わたし》は手をのばして引き止めることもできなかったのよ」

少女は、頬を紅潮《こうちょう》させて、「私《わたし》はあの人が好《す》きなんだもの。ずっと、そばにいてほしいんだもの」

と、力強く言った。

「それなら——誰《だれ》かにいてほしいのなら、私《わたし》を連《つ》れて行《い》けばいいわ！」

由紀子は叫《さけ》ぶように言った。「肖像《しょうぞう》にでも置物《おきもの》にでも、何にでもして。——でも、カンちゃんをここへ閉《と》じこめないで！」

少女の目が、由紀子の燃《も》えるような視線《しせん》を真直《まっす》ぐに受け止めた。


やっぱりか……。

幹夫は、由紀子の鞄《かばん》を拾って、館《やかた》の門の方へ目をやった。

「あいつ……」

不安《ふあん》に捉《とら》えられて、幹夫は鞄《かばん》を投げ出すと、門に向って走った。

「——止って！」

思いがけない声が飛《と》んで来て、幹夫は門の手前で、足を止めた。

「ユッコ！」

閉《と》じた門の中に、由紀子は立っていた。

「カンちゃん、帰って」

と、由紀子は言った。

「何してるんだ」

「門に触《さわ》らないで。私《わたし》、あの子と話があるの。だからカンちゃんは、来ないで」

「だけど……」

幹夫はためらった。

「心配しなくていいから。――今夜は帰らないかもしれないけど、私《わたし》のことは大丈《だいじょう》夫《ぶ》。心配しないで」

と、由紀子は言った。「ね。――今日は黙《だま》って帰ってよ」

「大丈夫《だいじょうぶ》なのか？　ユッコの言ってた車が――」

「知ってるわ。私《わたし》、ちゃんとあの女の子と冷静《れいせい》に話をするの。だから、二人だけの方がいいのよ」

幹夫は、それでも迷《まよ》っていた。理由の分らない不安《ふあん》が、足を止めていた。

「早く帰って」

と、由紀子は言った。「私《わたし》の鞄《かばん》、見付《みつ》けた？」

「うん……」

「じゃ、持って帰ってくれる？」

「分った」

幹夫は、門から離《はな》れて、鞄《かばん》を拾い上げると、振《ふ》り向《む》いた。

「――遅《おそ》くなっても、帰れよ」

と、幹夫は言った。「お母さんが心配するぞ」

「うん。分ってる」

と、由紀子は肯《うなず》いた。

「じゃあ……帰るよ」

幹夫は、何となく心残《こころのこ》りな、重い足取りで、歩き出した。

由紀子は、固《かた》く閉《と》じた門を、しっかりとつかんで、幹夫の姿《すがた》が見えなくなるまで、見送っていた。——日が暮《く》れかけて、夜になろうとしている。

薄暮《はくぼ》の中に、幹夫の姿《すがた》は溶《と》けるように消えて行った。

「——さよなら、カンちゃん」

と、由紀子は言った。

また本の中で会おうね。——明日、あの本をめくったら、その中に、私《わたし》がいる……。カンちゃんには見えないかもしれないけど、きっと私《わたし》の方からはカンちゃんが見えるんだ。

考えたこともなかったけれど……。

私《わたし》が本の中で出会った人たちは、こっちから見ているのと同じように、向うからもこっちを見ていたのかもしれない。

本のこっち側《がわ》に、世界があるように、本の向うにも一つの世界があって……。

門の格子《こうし》を、もう一度しっかりと握《にぎ》りしめてから、由紀子は、館《やかた》の方に戻《もど》って行こうと、歩き出した。

ギギギ……。かすかな、きしむ音が、背後《はいご》で聞こえた。由紀子は足を止め、振《ふ》り向《む》いた。

門が開いている！

門は、大きく両側《りょうがわ》に開いた。一杯《いっぱい》に、これ以上《いじょう》開かないというところまで。

由紀子は、館《やかた》の方を振《ふ》り向《む》いた。玄関《げんかん》のドアが開いていて、あの少女が、左手をドアのノブにかけたまま、立っていた。

少女が由紀子に向って、右手を上げ、ゆっくりと振《ふ》って見せると、静《しず》かにドアを閉《と》じて姿《すがた》を消した。

由紀子は、またあの少女が、一人ぼっちの世界へと戻《もど》って行ったことを、知った。

「ありがとう！」

と、低《ひく》い声で言うと、由紀子は開かれた門から、外へ出た。

門は、赤くさびて、再《ふた》び光る日が来るようには見えなかった。

日が落ちて、急に辺《あた》りが暗くなる。

闇《やみ》が、その館《やかた》をスッポリと包《つつ》む。——再《ふた》び、明るさが戻《もど》っても、もうそのときには館《やかた》も門も、消えてしまっているだろう、と由紀子には分っていた……。

――学校の帰り道だった。

「ユッコ!」

幹夫が、追いかけて来た。

「カンちゃん。どうしたの?」

「いや……。昨日《きのう》、あの本を開いてみたんだよ」

「そう」

「ユッコも?」

「うん」

由紀子は肯《うなず》いた。

二人は、あの館《やかた》のあった方へと、足を向けている。

妙《みょう》な事件《じけん》は、しばらく話の種《たね》になった。

いつの間にか建《た》っていた古い館《やかた》が、またいつの間にか、消えてしまって、後の空地には、行方不明《ゆくえふめい》だった地主が、大きな車の中で、運転手ともども眠《ねむ》り込《こ》んでいるのが発見されたのだ。

幹夫の母は、また相変《あいかわ》らずの話し方で、夫《おっと》に、「消えた館《やかた》の謎《なぞ》」をひとくさり語って聞かせたのだった……。

「悪かったな、ユッコに心配かけて」

と、幹夫が言った。

「そんなこといい。カンちゃんが、それだけもてるってことだもんね」

と、照《て》れたように由紀子は笑《わら》って言った。

「だけど――本当にあんなことってあったのかな」

と、幹夫が言うと、由紀子は肩《かた》をすくめて、

「あった、って信《しん》じればいいじゃない。他の人がどう思っても」

「そうだな」

幹夫は、今ではもう天井《てんじょう》に、あの少女の姿《すがた》を見付《みつ》けられなかった。天井《てんじょう》がどうかなったのか。それとも幹夫の方が変《かわ》ったのかもしれない。

「私《わたし》たちが信《しん》じてるってこと、あの女の子にも通じるわよ」

「そうだな」

――あの本を、久《ひさ》しぶりに開いた幹夫は、居間《いま》の描写《びょうしゃ》の中に、前にはなかった一行を見付《みつ》けたのだった。

〈一枚《いちまい》の絵は、十代の、若《わか》い恋人同士《こいびとどうし》の絵だった。どんな力でも引《ひ》き離《はな》せないくらい、二人の微笑《びしょう》は、良《よ》く似《に》ていた……〉

――あの角を曲った幹夫と由紀子は、足を止めた。

「いつの間に……」

と、由紀子は呟《つぶや》いた。

あの空地には、また一軒《けん》の家が出現《しゅつげん》していた。しかし、今度は幻《まぼろし》でも何でもない、真新しいマンションの骨組《ほねぐみ》が、見上げるほどの高さに達《たっ》していたのだ。

トラックが、地面を揺《ゆ》るがすような音をたてて走って来ると、工事現場《げんば》へと入って行く。

——幹夫と由紀子は、しばらくその光景《こうけい》を眺《なが》めていたが、やがて一緒《いっしょ》に歩き出した。

もう誰《だれ》も、その二人を見送ってはいないようだった……。

砂《すな》に書いた名前

1

彼女《かのじょ》がそんな反応《はんのう》を見せるとは、僕《ぼく》は思ってもいなかったのだ。

そりゃ、びっくりするのは当然《とうぜん》だ。――そこまでは予想通りだった。

ところが、その後が、ちょっと、思いがけないことになってしまった。

「朋子《ともこ》」

と声をかける。

彼女《かのじょ》が振《ふ》り向《む》く。そして、僕《ぼく》を見て唖然《あぜん》とする。

それから、顔を笑《わら》いで一杯《いっぱい》にして、

「丈二《じょうじ》君！」

と駆《か》け寄《よ》って来て、僕《ぼく》の胸《むね》へ飛《と》び込《こ》む。

――と、まあ、これが僕《ぼく》の筋書《すじがき》だった。

ところが、僕《ぼく》を見て目を丸くした朋子は、ちっとも笑《わら》わなかった。そのまま、僕《ぼく》の方へ大股《おおまた》に歩いて来たと思うと、何と、僕《ぼく》の頬《ほお》を、平手でひっぱたいたのである。

痛《いた》さはともかく（といっても、もちろん痛《いた》いけど）、僕《ぼく》はただもう、びっくりしていた……。

「何しに来たのよ！」

と、朋子は、押《お》し殺《ころ》した声で言った。

「だって——招待《しょうたい》してくれたじゃないか」

と、僕《ぼく》は言った。

「招待《しょうたい》？　あなたを？」

朋子が眉《まゆ》を寄《よ》せる。

「うん。お父さんがさ、君の」

「父が——」

「手紙をくれたんだ。夏の間に、ぜひ一度、島へ遊びに来てくれ、と……」

僕《ぼく》は、ポケットから、くしゃくしゃになった手紙を取り出した。

小さな船に揺《ゆ》られている間に、すっかり、つぶれてしまったのである。

「分ったわ」

と、朋子が言った。「私《わたし》に黙《だま》って……。でも、あなただって、私《わたし》が言ったことを忘《わす》れたの？」

「ここへ来るな、っていうんだろ？　でも、反対してるからって言ってた、当のお父さんの招待《しょうたい》なんだぞ」

「ええ。――そうね」

なぜか、朋子は、急に、どうでもいいような口調になった。「どうせ、もう戻《もど》る船もないしね」

僕《ぼく》は、ちょっと気になった。

「怒《おこ》ったの？」

「いいえ」

朋子は、やっと微笑《ほほえ》んだ。「ごめんね、ぶったりして」

「いいさ」

と、僕《ぼく》は無理《むり》をした。「――君のうち、どこなんだい？」

「案内《あんない》するわ。来て」

朋子は先に立って歩き出した。

――僕《ぼく》は、大木《おおき》丈二、大学二年生だ。

日野《ひの》朋子は、僕《ぼく》の同級生。

今は、もちろん夏休みで、僕《ぼく》は、せっせとバイトに精《せい》を出し、旅行資金《しきん》をためていた。

そこへ朋子の父親から、ぜひ、島へ遊びに来て下さい、という手紙をもらったのである。

タダとくれば、飛《と》びつかない手はない、というものだ。

ただ、文面では、このことは娘《むすめ》に内証《ないしょ》なので、びっくりさせてやって下さい、とあって、何だか子供《こども》っぽい人だな、と思ったのだった。

でも——ともかく朋子に会える、となれば、タダの旅でなくても、やって来たに違《ちが》いない。

今、目の前を歩いて行く朋子の、ショートパンツからスラリとのびた足と、そして均整《きんせい》のとれた体つきは、さっきの平手打ちのショックを差《さ》し引《ひ》いても充分余《じゅうぶんあま》りがあるすばらしい眺《なが》めだった。

「——ここ、大きな島なの?」

と、僕《ぼく》は訊《き》いた。

「いいえ、小さいわよ。別荘《べっそう》がせいぜい十戸ぐらい」

「へえ。じゃ、静《しず》かだろうね」

「そうね。今のところ、誰《だれ》もいないの」

「誰《だれ》も?」

「そう。私《わたし》たちだけなのよ、この島にいるのは」

「へえ！」

白い砂浜《すなはま》の、きれいな海岸に出た。――ともかく、人の姿《すがた》が全くないのだ。

「すてきだなあ！」

と、僕《ぼく》は思わず言った。

「でしょ？　海もきれいよ」

「うん。来る途中《とちゅう》の船で、よく分ったよ」

「潜《もぐ》るんだっけ？」

「少しね」

「じゃ、楽しめるわ」

朋子は足を止めた。「――あれが、うちの別荘《べっそう》よ」

――砂浜《すなはま》が、ゆるい斜面《しゃめん》になって、上って行った、その上に、白い、小ぎれいな建《たて》物《もの》が建《た》っていた。

「すてきだなあ」

と、僕《ぼく》はくり返した。

他に言葉を知らないのは、この世代の欠点《けってん》だろうな。

「ともかく、父に会って」

と、朋子はまた歩き出した。

砂《すな》の斜面《しゃめん》を、少し苦労《くろう》して上ると、別荘《べっそう》の入口に出る。

ちょうどドアが中から開いて、スラリと長身の紳士《しんし》が出て来た。

「朋子――」

「お父さん、大木君よ」

「やあ、これはこれは」

日野氏は、僕《ぼく》の手を力強く握《にぎ》った。

もう、髪《かみ》は少し白くなりかけているというのに、その力は、若者《わかもの》のようだった。

「私《わたし》に黙《だま》って、招待《しょうたい》したのね？」

と、朋子は父親をにらんだ。

「お前だって、私《わたし》と二人でいても退屈《たいくつ》だ、といつも文句《もんく》を言ってるじゃないか」

と、日野氏は笑《わら》って、それから僕《ぼく》を中へ請《しょう》じ入《い》れた。

――中は、冷房《れいぼう》が適度《てきど》に入って、快適《かいてき》だった。

日野氏が、軽いカクテルを作ってくれた。

「――母親を早く亡《な》くしてから、朋子は、主婦《しゅふ》代りだったのでね」

と、日野氏は、椅子《いす》にかけて言った。「料理《りょうり》の腕《うで》も、なかなかのものだよ」

「初耳《はつみみ》だなあ」

と、僕《ぼく》は言った。

「胃《い》の薬もありますからね」

と、朋子は笑顔《えがお》で言った。「さあ、あなたの部屋へ案内《あんない》してあげる」

二階の、一番奥《おく》の部屋へ、僕《ぼく》は通された。

海の見える、いい部屋だった。

「――最高《さいこう》だな！」

と、相変《あいかわ》らず平凡《へいぼん》なセリフを口にする。

「まだ陽《ひ》が落ちるまで、間があるわ。砂浜《すなはま》に出る？」

「うん」

――着替《きが》えるのに、五分とはかからない。

海水パンツだけになった僕《ぼく》と、背中《せなか》の大きくあいた水着姿《みずぎすがた》の朋子は、砂浜《すなはま》へと一緒《いっしょ》に駆《か》け下《お》りて、そのまま、青い海を突《つ》き破《やぶ》らんばかりの勢《いきお》いで、飛《と》び込《こ》んで行った……。

もちろん、多少、気になっていたこともある。

なぜ、ここへ着いたとき、朋子が、あんなに怒《おこ》ったのか。そして前から、ここへは来ちゃいけない、と何度も言っていたのは、どうしてなのか……。

でも、そんな小さな疑問《ぎもん》は、たちまち、青い海と、白い砂《すな》の中へと溶《と》けて消えて行ったのだった。

「――少し横になろう」

僕《ぼく》は、息を弾《はず》ませて、砂浜《すなはま》に引っくり返った。

「もう、ばてたの？」

と、朋子が笑《わら》いながらやって来る。

「そうじゃないよ」

「やっぱりいいわね、一人じゃないっていうのは」

朋子は青空を仰《あお》いで、目をつぶった。

「すてきなお父さんだね」

「――でしょう？　だから、男を見る目がきびしくなるの」

「僕《ぼく》への当てつけかい？」

「気にしてるな？――コンプレックスがある証拠《しょうこ》ね」

僕《ぼく》は笑《わら》って、

「お父さん、何の仕事をしてるの？」

と訊《き》いてみた。

「好《す》きなことしてるわ。財産《ざいさん》があるから、あんまり働《はたら》く必要《ひつよう》がないの」

「へえ」

そういう人が、あんなにカッコいいのだ。

人生は不公平《ふこうへい》だな、と僕《ぼく》は思った。


夕食も、文句《もんく》なしに楽しかった。

「あんまり、いい材料《ざいりょう》がないの。手に入らなくて」

と、朋子は言っていたが、どうして、味も結構《けっこう》なものだった。

もちろん、僕《ぼく》とて、東京の超一流《ちょういちりゅう》レストランの味に通じているわけではない。

しかし、マクドナルドとかデニーズとかに慣《な》れた舌《した》には、充分《じゅうぶん》においしかった。

「魚でもとればいいんだが」

と、日野氏は笑顔《えがお》で、「そういう趣味《しゅみ》がないものだからね」

「でも、凄《すご》くおいしいです」

と、僕《ぼく》は正直な感想を述《の》べた。

ワインなどあけて、いい加減酔《かげんよ》っ払《ぱら》った僕《ぼく》は、日野氏ともすっかり打ちとけて、おしゃべりに興《きょう》じていた。

突然《とつぜん》、派手《はで》なロックの音楽が、僕《ぼく》らの声をかき消してしまった。

びっくりして振《ふ》り向《む》くと、朋子が笑顔《えがお》で立っている。

「踊《おど》ろう！」

と、音楽に負けない大声で言った。

「よし！」

——本来、あまりリズムに乗れる方ではないのだけど、このときは面白《おもしろ》いように踊《おど》りまくった。

一体何曲ぐらい踊《おど》っただろう？　僕《ぼく》はくたびれ果《は》てて、床《ゆか》に尻《しり》もちをついてしまった。

それを見た朋子が、愉快《ゆかい》そうに笑《わら》い声《ごえ》を上げる。

すると——日野氏が立ち上って、

「もう今夜は寝《ね》た方がいい」

と言うと、さっさと歩いて行って、レコードを止めてしまった。

それまで、部屋に充満《じゅうまん》していた音が、急に断《た》ち切《き》られて、何だか、突然眠《とつぜんねむ》りから覚《さ》めたような気分になる。

しかも、日野氏の態度《たいど》が、さっきまでの、愛想《あいそ》のいい、友好的《ゆうこうてき》なものから一変《いっぺん》していたのが、僕《ぼく》を戸惑《とまど》わせた。

顔は無表情《むひょうじょう》で、しゃべり方も素気《そっけ》ない。そして、ほとんど僕《ぼく》の方を見もせずに、

「おやすみ、大木君」

と言って、二階へ上って行ってしまったのだ。

やっと我《われ》に返って、

「おやすみなさい」

と言ったときは、もう日野氏の姿《すがた》は、階段《かいだん》の上に消えていた。

僕《ぼく》と朋子は、何となく、どうしていいのか分らない感じで突《つ》っ立《た》っていたが、朋子

の方が、飲物のグラスを片付《かたづ》け始めて、やっと重苦しさが消えた。

「手伝《てつだ》うよ」

と僕《ぼく》は、グラスのいくつかを、盆《ぼん》にのせて台所へ運んで行った。

朋子がグラスを洗《あら》い始める。

「――ねえ」

と僕《ぼく》は言った。「お父さん、怒《おこ》ったのかな？――あ、僕《ぼく》が拭《ふ》くよ」

「いつものことよ」

と、朋子が肩《かた》をすくめる。

「いつも？」

「最初《さいしょ》のうちはいいの。愛想良《あいそよ》くしてるわ。でも――娘《むすめ》とボーイフレンドが、あんまり仲良《なかよ》くしていると、段々面白《だんだんおもしろ》くなくなるのよ」

「そうか……」

父親の心理としちゃ、当然《とうぜん》なのかな、と思った。「悪かったなあ、それじゃ」

「大丈夫《だいじょうぶ》よ。朝になりゃ、また元に戻《もど》ってるから」

と、朋子は僕《ぼく》を見て微笑《ほほえ》んだ。

その笑顔《えがお》に見とれていて——ばかりでもないんだけど、手が滑《すべ》って、コップが一つ、床《ゆか》へ落下。あえない最期《さいご》をとげた。

あわてて拾おうとして、またドジをやってしまう。

「痛《いた》い！」

指先をちょっと刺《さ》してしまったのだ。

「——大丈夫《だいじょうぶ》？」

「うん。やれやれ、これだからだめなんだよな、僕《ぼく》って」

「私《わたし》が破片《はへん》を拾うから、そのままにしておいて。薬をつけてあげるわ」

「大丈夫《だいじょうぶ》だよ」

「いいから、こっちへ来て」

朋子が僕《ぼく》をリビングルームへ引《ひ》っ張《ぱ》って行った。座《すわ》らせておいて、薬箱を取って来る。

「見せて」

「ちょっと切っただけだよ」

指先に、小さく血が玉のように浮《う》いていた。

朋子が、じっとそれを見つめている。

「ねえ——」

と僕《ぼく》は言いかけて、言葉を切った。

朋子が、まるで僕《ぼく》のことなんか忘《わす》れてしまったみたいに、じっと、指先の血の出た所を見つめているのだ。

まるで別人《べつじん》のように、朋子の表情《ひょうじょう》が変《かわ》っていた。

目を見開いて、唇《くちびる》が少し開き、喘《あえ》ぐような息が洩《も》れている。顎《あご》が少し震《ふる》えていた……。

どうしたんだろう？

僕《ぼく》はただ戸惑《とまど》って、朋子の、ただならない様子を見ているだけだった。

朋子は、突然《とつぜん》、僕《ぼく》の、けがをした左手を両手で握《にぎ》りしめると、血の出た指を、口の中にくわえ込《こ》んだ。

僕《ぼく》は仰天《ぎょうてん》した。呆然《ぼうぜん》として、動けなかった。

が——それは、ほんの二、三秒のことだった。

すぐに、朋子は顔を離《はな》すと、いつもの表情《ひょうじょう》に戻《もど》った。

「——傷《きず》って、なめると、一番治《なお》りが早いのよ」

と、少し照《て》れたような顔で言う。

「そうだね」

僕《ぼく》は微笑《ほほえ》んだ——つもりだったが、果《はた》して笑顔《えがお》になっていたかどうか……。

2

次の日は、前日とは打《う》って変《かわ》った曇《くも》り空《ぞら》で、風も強く、波も大きくて、とても海へ入る気分ではなかった。

前夜のワインがきいたのか、昼近くまで眠《ねむ》り込《こ》んでしまって、やっと欠伸《あくび》をしながら降《お》りて行くと、

「ゆっくりやすめたかね?」

と、日野氏が笑顔《えがお》を見せた。

僕《ぼく》は少しホッとした。

「遅《おそ》くなっちゃって、すみません」

「いや、ちょうどこっちも今、朝昼兼用《けんよう》の食事中だよ」

日野氏について、食堂《しょくどう》へ入りながら、

「あいにくの天気みたいですね」

と僕《ぼく》は言った。

「いや、私《わたし》はこういう天気の方がいいんだよ」

と、日野氏は言った。

「そうですか」

「あまり強い陽射《ひざ》しに当るのは苦手なんだ」

と、席《せき》につく。

朋子が、コーヒーやハム、トーストなどを用意してくれる。

「ありがとう」

と、僕《ぼく》は言った。「でも――ゆうべは何も言わなかったけど、そう長くはいられないんだ」

「来たばっかりじゃないの」

「うん。もちろん、すぐに戻《もど》らなきゃいけないわけじゃないけど……」

別《べつ》に、予定があるわけじゃないんだが、父親の気持を考えると、せいぜい三日間ぐらいで、引き上げるのが賢明《けんめい》かな、と思っていたのだ。

「ゆっくりしていくといいよ」

と、日野氏が言った。「どうせ、この波では、二、三日、ボートは来られない」

「潜《もぐ》れば、底《そこ》の方は静《しず》かよ」

と、朋子が言った。「後で案内《あんない》してあげるわ」

「水の中を？」

「そう。水先案内《あんない》ね、本当の」

と、朋子は笑《わら》った。

いいムードに戻《もど》った。僕《ぼく》は安心して、焼《や》きたてのトーストにかみついた。

――潜《もぐ》るのは楽しかったが、やはり、そうベテランというほどでもないので、二時間ほどしたらくたびれてしまった。

砂浜《すなはま》で休むには、少々風が強くて寒いので、

「もう上るよ」

と、彼女《かのじょ》に声をかけた。

「どうぞ」

「君は？」

「もう少しここにいるわ」

「大丈夫《だいじょうぶ》?」

「慣《な》れてるもの」

と、朋子は笑顔《えがお》でウインクして見せた。

僕《ぼく》は、肩《かた》で息をしながら、別荘《べっそう》の方へと上って行った。今にも、雨が降《ふ》って来そうだ。

玄関《げんかん》のドアをそっと開けたのは、別《べつ》に何か考えがあってのことではない。

ただ、日野氏が、よく読書に耽《ふけ》っていると聞いていたので、その邪魔《じゃま》をしないように、と思っただけだった。

——話し声がして、僕《ぼく》はちょっとびっくりした。

誰《だれ》か来てるのかな?

が、すぐにそれは、日野氏が、電話でしゃべっているのだと分った。

「——ええ、確《たし》かにここです」

と、日野氏は言っていた。「しかし、そういう人はみえていませんよ。——そうですか。妙《みょう》ですね、それは。途中《とちゅう》で気でも変《かわ》られたんじゃありませんか。若《わか》い人は気まぐれですからな。――いや、どうも。――もちろん、おいでになれば、お電話のあったことは伝《つた》えますよ」

――誰《だれ》からの電話なんだろう?

僕《ぼく》は、バスルームへと歩いて行った。

シャワーを浴《あ》びて、砂《すな》や海水を落とし、服を着て出て来ると、日野氏が、びっくりしたような顔を覗《のぞ》かせた。

「おや、戻《もど》っていたのかね」

「すみません、黙《だま》って――」

「いや、構《かま》わないよ。朋子の奴《やつ》はまだ?――仕方がないな、本当に」

と苦笑《くしょう》する。

二階へ上ろうとして、僕《ぼく》はふと足を止め、

「あとで、家へ電話しておきたいんですけど、いいですか?」

と訊《き》いた。

日野氏は振《ふ》り向《む》いた。

「それは残念《ざんねん》だな」

「え？」

「いや、今しがた私《わたし》も電話をかけようと思っていたんだが、不通《ふつう》になってるんだよ」

「不通《ふつう》ですって？」

「心配することはない。よくあることなんだ。海底《かいてい》ケーブルで引いているから、海が荒《あ》れると、時々、調子が悪くなる。二、三日すれば元に戻《もど》るさ」

「そうですか」

僕《ぼく》は、階段《かいだん》を上って、部屋に戻《もど》った。

ベッドに寝転《ねころ》がって、なぜ日野氏が嘘《うそ》をつくんだろう、と考えてみた。

ついさっき、当人が電話で話をしていたじゃないか！

あの電話、もしかしたらうちからじゃないか、と思った。

日野氏は、僕《ぼく》がここへ来ていないいと返事をしたのだ。

一体どうなってるんだ？

僕《ぼく》は、何だか不安《ふあん》になって、ベッドから出た。そっと部屋を出て、階段《かいだん》の途中《とちゅう》まで降《お》りて来る。

日野氏だって、リビングルームを出ることがあるはずだ。その間に電話をかけられるかもしれない。

幸い、五分と待たない内に、日野氏がトイレに行くのが見えた。チャンスだ！

僕《ぼく》は裸足《はだし》のまま、素早《すばや》く、リビングルームへ入り、電話に駆《か》け寄《よ》った。

受話器《じゅわき》を上げ、ダイヤルを――。しかし、その手は止った。

何の音も聞こえない。――電話は、本当に不通《ふつう》になっていたのだ。

日野氏が戻《もど》って来る様子に、僕《ぼく》はあわてて受話器《じゅわき》を戻《もど》した。

「――やあ、どうしたね？」

日野氏は、別《べつ》に怪《あや》しんでいる様子もなく、笑顔《えがお》を見せた。「退屈《たいくつ》じゃないか、こんな何もない所では?」

「いいえ、とんでもない」

と、僕《ぼく》はあわてて言った。

「ちょうどいい。少し話がしたいと思っていたところだ。座《すわ》りなさい」

「はあ」

僕《ぼく》は、ソファに腰《こし》をおろした。

日野氏は、ちょっと斜《なな》めに僕《ぼく》を見て、

「娘《むすめ》とは、どの程度《ていど》の仲《なか》なんだね?」

と訊《き》いた。

「――友だちです」

「友だち、か」

日野氏は両手を組んで、少し考《かんが》え込《こ》むようにしながら、「もう、一緒《いっしょ》に寝《ね》たかね」

と訊《き》いた。

僕《ぼく》はびっくりして、

「いいえ！　そんなこと！」

と、首を振《ふ》った。

「怒《おこ》らないから、本当のことを言ってくれ」

「本当ですよ」

「そうか。それならいい」

日野氏は、ちょっと笑《わら》って、「父親というのは、うるさいものだと思うだろうね」

「いいえ。父親なら当然《とうぜん》だと思います」

「君はなかなかいい青年だ」

日野氏は、窓辺《まどべ》に歩いて行った。

そこからは砂浜《すなはま》が見下ろせる。――僕《ぼく》も並《なら》んで、ちょうど海から出て来た朋子を、見下ろした。

「――あれは、君に、この島へ来るな、と言ったかね」

「ええ」

「理由を言ったか」

日野氏は、じっと朋子から目を離《はな》さない。

「あの――父親がいやがる、と……」

「なるほど」

日野氏は肯《うなず》いた。「それなら、君はまだ大丈夫《だいじょうぶ》かもしれん」

「どういう意味ですか？」

僕《ぼく》は戸惑《とまど》った。

「いいかね、大木君」

日野氏は、ソファの方へ戻《もど》りながら言った。「君は私《わたし》からの招待《しょうたい》の手紙を見て、ここへ来たんだね」

「そうです」

「しかし、私《わたし》はその手紙を書かなかったんだよ」

と、日野氏は言った。

昨夜《さくや》の食卓《しょくたく》がアメリカ風なら、今夜はヨーロッパ調だった。

何となく物静《ものしず》かで、会話もそうなると、知的《ちてき》になったりして、

「アメリカの大統領《だいとうりょう》選《せん》の行方《ゆくえ》は――」

なんてことをしゃべったりしていた。

食事の後はロックではなく、軽いダンス音楽。――昨夜《さくや》のこともあるので、僕《ぼく》はあまり朋子とくっつかないように気をつけた。

ところが、朋子の方から、ぴったりと身をすり寄《よ》せて来る。

こちらとしても、押《お》し返《かえ》すわけにもいかない。困《こま》ったな、と思いつつ、チラッと日野氏の方を見たのだが、こちらは、何か考えごとでもしているのか、まるで僕《ぼく》らの方など、見もしないのである。

大人ってのは分らん、と僕《ぼく》は思った。

ダンスは一時間ほど続《つづ》いた。——ああ、今夜のところは無事《ぶじ》に終ったな、とホッとする。

「——じゃ、私《わたし》は先に部屋へ行かせてもらうよ」

「おやすみ、お父さん。後は片付《かたづ》けるから」

「すまんね」

「僕《ぼく》も手伝《てつだ》いますから」

「じゃ、よろしく」

と、日野氏が出て行く。

朋子が、お皿やナイフ、フォーク を運んで行き、僕《ぼく》はグラスなどをいくつか両手にかかえて、朋子の後からついて行こうとした。

そのとき、日野氏が急に戻《もど》って来たのだ。

「あの——」

と言いかけた僕《ぼく》へ、黙《だま》って、という仕草をして、ちょっと台所の方へ目をやり、僕《ぼく》の方へと急いで歩《あゆ》み寄《よ》って来る。

そして、僕《ぼく》の方へ顔を寄《よ》せて、低《ひく》い声で、囁《ささや》いた。

「今度は、部屋のドアに鍵《かぎ》をかけておきたまえ」

「え？」

訊《き》き返す間もない。日野氏は、また素早《すばや》く出て行ってしまった。

朋子が戻《もど》って来る。

「ほら、さぼってないで、早く運んで！」

「うん、分ってるよ」

僕《ぼく》はあわてて台所へと入って行った。


あの日野氏の言葉は何だったんだろう？

その夜は、どうにも気になって、なかなか寝《ね》つけなかった。

ドアの鍵《かぎ》、といっても、簡単《かんたん》な、カンヌキに過《す》ぎないが、まあ、かけておいて悪いこともあるまい、と、一応《いちおう》かけてからベッドに入った。

しかし、まるで眠《ねむ》くならない。

さして得意《とくい》でもない潜水《せんすい》などをやって、かなり疲《つか》れているとは思うのだが、一向に瞼《まぶた》がくっつかないのである。

これが試験《しけん》中なんかだと、何もしてなくても眠《ねむ》くなるのに、不思議《ふしぎ》なもんだ。

そんなことはともかく――何時間ぐらい、そうして寝返《ねがえ》りばかり打っていただろう。

やっと、ウトウトし始めたとき、急に、何かの物音で、目が覚《さ》めた。

足音だ。――僕《ぼく》が足音なんかで目が覚《さ》めるというのは、正に前代未聞《ぜんだいみもん》のことだった。

ただ、それはとても奇妙《きみょう》な足音だったのである。重たく、引きずるような足音。

誰《だれ》だろう?――日野氏とも、もちろん朋子とも思えない。

だが、ここには僕以外《ぼくいがい》、その二人しかいないのだ。

足音は、ゆっくりと、僕《ぼく》の部屋の方へと近付《ちかづ》いて来た。

そしてドアの前で、止った。――沈黙《ちんもく》。

僕《ぼく》はベッドに、そっと起き上った。ただならない緊張感《きんちょうかん》が、部屋の空気を凍《こお》らせたようだった。

ドアを開けようとして、ガタガタ動かす音がした。

カンヌキがかかっていると知ると、その「誰《だれ》か」は苛々《いらいら》したように、更《さら》に激《はげ》しく、ドアを揺《ゆ》さぶった。

僕《ぼく》は、ゴクリとツバを飲《の》み込《こ》んだ。――あの勢《いきお》いでやられたら、カンヌキが壊《こわ》れちまう！

しかし、僕《ぼく》が思っていたより、カンヌキは丈夫《じょうぶ》だったらしい。何とか堪《た》えて、ドアを守った。

その「誰《だれ》か」は、諦《あきら》めたらしく、ドアは静《しず》かになった。そしてまた、重く、引きずるような足音が、今度はゆっくりと遠ざかって行く……。

完全《かんぜん》に、足音が聞こえなくなっても、しばらくは、闇《やみ》が震《ふる》えて音を出しているかのようだった。

僕《ぼく》は、やっと、普通《ふつう》に息をした。――いつの間にか、体中が汗《あせ》でびっしょりになっていた……。

3

次の日は、またきれいに晴れ上った。

それが、何とも僕《ぼく》の気分を滅入《めい》らせた。

ゆうべの後で、思いっ切り楽しく泳ごうなんて気分になれるだろうか？

僕《ぼく》は専《もっぱ》ら、砂浜《すなはま》に引っくり返っていた。

「どうしたの？」

朋子が海から上って来た。「泳がないのね、ちっとも」

「うん……」

「もう年齢《とし》なの？」

そう言って、朋子は笑《わら》った。

僕《ぼく》の傍《そば》に、横になった朋子は、気持良《きもちよ》さそうに目をつぶった。

「――ねえ」

と、僕《ぼく》は言った。

「うん?」

僕《ぼく》は、少しためらってから言った。

「あの別荘《べっそう》に、誰《だれ》かいるの?」

「誰《だれ》か、って?」

「つまり、君とお父さん以外《いがい》に、さ」

「あなたがいるわ」

僕《ぼく》は、ちょっと笑《わら》った。

「つまり、その三人以外《いがい》に、だよ」

「いないわよ。どうして?」

「ゆうべ——足音がしたんだ」

朋子は目を開いて、僕《ぼく》を見た。真剣《しんけん》な目つきだ。

「話して」

——僕《ぼく》は、ゆうべの、あの重々しい足音のことを説明《せつめい》した。しかし、あの気分だけは、どうしたって説明《せつめい》できない。

朋子は、上体を起こして、砂地《すなじ》に肘《ひじ》をつき、じっと海の方を見つめていた。

僕《ぼく》が口を開きかけると、朋子が言った。

「あなたは何も知らない方がいいわ」

「どうして?」

「どうしても」

朋子は僕《ぼく》を見た。「今日、帰って。その方がいい」

「朋子——」

「黙《だま》って、ここは言う通りにして」

朋子は立ち上った。「来て。モーターボートのある所を教えるわ」

「ここにあるの?」

「島の裏手《うらて》よ。――こっち」

朋子について、海岸をぐるっと回る。

裏側《うらがわ》の海岸は、岩が多かった。

「その岩の向うにボートがつないであるのよ」

と、朋子が身軽に岩の上を飛《と》んで行く。

僕《ぼく》は、ついて行くのが精一杯《せいいっぱい》だった。

「――いやだ!」

と、朋子が声を上げた。

「どうしたの?」

「ボートがないわ」

僕《ぼく》も、高い岩の上に立った。

そこから下へ降《お》りた所に、確《たし》かに、即製《そくせい》の船着場らしきものがある。しかし、ボートは影《かげ》も形もなかった。

「きっと昨日《きのう》、海が荒《あ》れたから、流されたんだよ」

と僕《ぼく》は言った。

「台風でも流されなかったのよ」

朋子は、クルリと向き直って、戻《もど》り始めた。

再《ふたた》び砂浜《すなはま》に着くと、朋子も今度は、海に入る気になれないようで、腰《こし》に手を当てて、しばらく考《かんが》え込《こ》んでいた。

今度は僕《ぼく》の方が気をつかって、

「ねえ、海に入ろうか」

などと言っていた。

ともかく、気が弱いのである。

「そうね。少し泳ぎながら話しましょう」

「何を?」

「きっと父が上から見てるわ。——見ちゃだめ! 楽しそうに泳いでいるように見せないと……」

何だか、よく分らないけど、ともかく水へ入って、少し泳いで行くと、小さな岩が、水面に出ている。

そこで一息ついた。朋子が僕《ぼく》を見て、言った。

「父はあなたを殺《ころ》すつもりだわ」

僕《ぼく》は、岩から落っこちそうになった。

「——殺《ころ》す?」

「そう。だから、私《わたし》、あなたに、来ないで、と言ったのよ」

「でも、お父さんが——」

「父は、会ってみたかったんだわ。いつもそうなの。会って、大した男じゃない、私《わたし》が本気で相手にしていないと分ると安心するのよ。でも——この男は、と思うと……」

「——誰《だれ》かを殺《ころ》したことがあるの?」

「まさか! みんな危《あや》うく命拾いして、逃《に》げて帰るわ」

「みんな、って——何人ぐらい?」

「あなたで四人目よ」

「四人……」

四人。「四」。「死」。——馬鹿《ばか》らしい!

「じゃ、ゆうべの足音は……」

「父よ」

「そうかなあ。まるで違《ちが》うように聞こえたけど」

それに日野氏が、あのドアを開けようとしたのなら、なぜわざわざ、寝《ね》るときは鍵《かぎ》をかけろなんて言ったんだろう?

「父は病気なのよ」

と、朋子は言った。「一種《いっしゅ》の夢遊病《むゆうびょう》に近い……。だから、あなたを殺《ころ》そうとするとき、父は父であって、父でないの。理性的《りせいてき》な判断《はんだん》ができない状態《じょうたい》なのよ」

「でも――じゃ、どうしたらいいんだい？」

朋子は首を振《ふ》った。

「あと二日したら、定期的《ていきてき》に、この島へ来るボートがあるわ。それで帰って。それまでは、夜の間、用心するしかないわ」

そう言われたって……。

僕《ぼく》は情《なさけ》ない顔をしていたに違《ちが》いない。朋子が僕《ぼく》を見て笑《わら》い出した。

「大丈夫《だいじょうぶ》よ。ちゃんとドアにカンヌキさえかけておけば。父は、そう力のある方じゃないもの」

「――そうするよ」

「さあ！　私《わたし》、また潜《もぐ》ろう！　あなた、どうする？」

「付《つ》き合《あ》うよ」

と、僕《ぼく》は言った。

あの別荘《べっそう》へ、一人で戻《もど》る気には、とてもなれない。

昼食の後、朋子はベランダに出て、デッキチェアに横になった。

日野氏は、ちょっと朋子を見に出て、すぐ戻《もど》って来た。

「――眠《ねむ》ってるよ。全く、若《わか》いってのはいいもんだ」

「そうですね」

と僕《ぼく》は言った。

日野氏が、真顔になった。

「今日は様子がおかしいね」

「え？　いえ――別《べつ》に――」

「何かあったんだろう」

「何も――ありません」

「隠《かく》すことはない」

「僕《ぼく》、別《べつ》に……」

日野氏は、ゆっくりと腰《こし》をおろした。

「ゆうべ、鍵《かぎ》をかけて良《よ》かっただろう」

「は、はい」

「足音を聞いたね」

「え？」

「ほら、ギクリとした。返事したのも同じだよ」

僕《ぼく》はあわてて目をそらした。

「重い、引きずるような足音。――違《ちが》うかね？」

僕《ぼく》は何とも言わなかった。日野氏は、深々と、息をついた。

「それはね、実は朋子なんだ」

僕《ぼく》は仰天《ぎょうてん》して、日野氏を見た。

「朋子さんが？」

「そうなんだ。――このことは、黙《だま》っていてくれるかね。誰《だれ》にも！」

「え、ええ……」

「朋子は、病気なのだ」

と、日野氏は言った。「一種《いっしゅ》の精神病《せいしんびょう》だが、原因《げんいん》は分らない。きっと、無意識《むいしき》の奥《おく》深《ふか》くに何か理由があるんだろう」

「どんな病気なんですか？」

と、僕《ぼく》は訊《き》いた。

聞くのが怖《こわ》いようでもあったが……。

「あの子は――本気で好《す》きになった男を、殺《ころ》そうとするんだ」

僕《ぼく》は唖然《あぜん》とした。

そんなにあっちこっちで殺《ころ》されちゃ、たまんないよ！

「これまでにも、何人かの男の子が、この島へやって来た」

と日野氏は続《つづ》けた。「しかし、誰《だれ》もが三日といずに帰って行ったんだ」

「でも――殺《ころ》されなかったんでしょう?」

と僕《ぼく》は訊《き》いた。

「私《わたし》が用心していたからね」

確《たし》かに、ドアに鍵《かぎ》をかけろと言ったのは、日野氏である。しかし――父と娘《むすめ》の両方から、そっくりの話を聞くなんて!

「あの子にとっては、自分ではどうしようもないことなのだ。本気で好《す》きになりそうな人間を殺《ころ》そうとする! 女にとっては、どんなに辛《つら》いことか。君にも察《さっ》しがつくだろう」

「はあ」

「だから、あの子は、君に来ないでくれと言ったんだ」

「でも、招待《しょうたい》の手紙を出したのも――」

「いわば、娘《むすめ》には二つの顔がある。時として、一方が勝ち、また他のときには、もう一方が勝つ、というわけだ。――いいかね。あれはかなり本気で君のことを想《おも》っている。だからこそ、用心しなくてはならないんだよ」

僕《ぼく》はベランダの方へ目をやった。

朋子の話と、日野氏の話。どちらを信《しん》じたらいいんだろう？

ただ、確《たし》かなことは——どっちにしろ、殺《ころ》され役は僕《ぼく》だ、ってことである。


恐怖《きょうふ》の夜がやって来た。

吸血鬼《きゅうけつき》の映画《えいが》なんか見てると、やたらにすぐ夕方になるものだが、実際《じっさい》、こういう微妙《びみょう》な立場に置《お》かれると、いやに夜が早く来るような気がするというのは、事実である。

——夕食のときも、何となく互《たが》いに遠慮《えんりょ》がちで、静《しず》かだった。

そして、今夜はダンスパーティもなく、早目に床《とこ》に入ることにしたのである。

しかし、だからって眠《ねむ》れるものじゃないし、いくらカンヌキをかけても、それで万《ばん》全《ぜん》とは思えない。

現《げん》に、ゆうべの「訪問客《ほうもんきゃく》」は、かなり激《はげ》しくドアを揺《ゆ》らしていた。あの調子だったら、ドアのカンヌキぐらい、吹《ふ》っ飛《と》んでしまうかもしれない。

そうなったら、日野氏だろうが朋子だろうが、入って来た相手に殺《ころ》される——いや、闘《たたか》えばいいのだろうが、果《はた》してそんな度胸《どきょう》があるかどうか。正直なところ、自信《じしん》はなかった……。

映画《えいが》のヒーローとは違《ちが》うんだから、そうカッコいい真似《まね》はできない。

しかし一方では、強烈《きょうれつ》な好奇心《こうきしん》に駆《か》られていたことも事実だ。やはり若《わか》いせいだろう。

ただし、命の危険《きけん》と引きかえというのは困《こま》る。

何とか安全に、相手の正体を確《たし》かめるすべはないものか、と、僕《ぼく》は思った。

——まだ真夜中までは間がある。

何か、うまい手はないかな……。

慣《な》れない「考え事」などをしたのが、いけなかった。あんなに目が冴《さ》えていたのが、考えている間に、眠《ねむ》くなってしまったのだ。

そして——眠《ねむ》っちゃいけないぞ、と思っている内に、つい、ウトウトしてしまった……。人間というのは、何とも皮肉にできているのである。

——ハッと目を覚《さ》ましたとき、その足音はドアの前まで来ていた。

そして、ドアを開けようとする音。

ゆうべにも増《ま》して凄《すご》い。ガタガタとドアが揺《ゆ》さぶられ、カンヌキどころか、ドアごと外れてしまうんじゃないか、と思った。

僕《ぼく》は、ベッドに起き上って、ただじっと息を殺《ころ》しているだけだった。駆《か》けて行って、ドアを押《おさ》えるとか、何かすることはありそうなものだったが、しかし、体の方がいうことをきかないのである。

ガタガタ、ガタガタ、と少しずつ間隔《かんかく》を置《お》いて、ドアが揺《ゆ》さぶられる。

それがどのくらい続《つづ》いただろうか？

ふと、音は止《や》んだ。——諦《あきら》めたのだ。

また、引きずるような足音が、遠ざかって行く。ゆっくりと……。

突然《とつぜん》、僕《ぼく》は頭がおかしくなった。いや、とてもそうとしか思えない。

ドアを開けて、その誰《だれ》かという奴《やつ》を、この目で見てやりたいという衝動《しょうどう》に、いつの間にか、体の方が従《したが》っていたのだ。

だめだ！　やめろ！

頭の方はそう叫《さけ》んでいたが、僕《ぼく》はベッドから降《ふ》り、足音を立てないように、そっとドアへと近付《ちかづ》いて行った。

あの足音は、大分遠くなっていた。

僕《ぼく》は、カンヌキを、そっと外した。——危《あぶな》いぞ！

そして、ノブを静《しず》かに回すと、ゆっくり、ドアを引いた……。

廊下《ろうか》に、それの後《うし》ろ姿《すがた》が見えた。

長い、マントのような黒い布《ぬの》で、スッポリと身を包《つつ》んだそれは、よろけるような足取りで、歩いて行く。

しかし——それは、どう見ても、朋子でも、日野氏でもなかった。

凄《すご》い大きさだ。身長は二メートルを優《ゆう》に越《こ》え――たぶん二メートル半はあっただろう。

ほとんど天井《てんじょう》にくっつきそうな大きさだった。

僕《ぼく》は、ただ唖然《あぜん》として、ドアの隙間《すきま》から、それを見ていた。

すると、それは、視線《しせん》を感じたのか、足を止め、ゆっくりとした動作で振《ふ》り向《む》こうとした。

僕《ぼく》はドアを閉《と》じ、震《ふる》える手で、再《ふたた》びカンヌキをかけた。

――化物だ！

僕《ぼく》はベッドへと飛《と》び込《こ》んで、頭から毛布《もうふ》を引っかぶった。

4

逃《に》げなくちゃ！

翌日《よくじつ》の僕《ぼく》は、そのことばかり考えていた。

朋子も、日野氏も、信《しん》じられない！

いくら可愛《かわい》いガールフレンドだって、殺《ころ》されてまで、そばにいたくはない。

しかし――さて、どうしたらいいのか。

逃《に》げるったって、ボートも何もないんだから……。

僕《ぼく》は、頭が痛《いた》いと称《しょう》して、遅《おそ》い朝食の後、部屋に戻《もど》ることにした。

「飲《の》み過《す》ぎじゃないの？」

と、朋子がからかう。

「無理《むり》しないで寝《ね》ていた方がいいよ」

と、日野氏が言った。「何か薬でもあげようか？」

「いいえ、大丈夫《だいじょうぶ》です」

僕《ぼく》はあわてて言った。「寝《ね》てりゃ、すぐ良《よ》くなりますから」

「でも、一人じゃ、泳いでてもつまんないしなあ」

と、朋子は伸《の》びをして、「じゃ、大木君のそばについててあげよう」

「いや、悪いからいいよ。せっかく天気もいいことだし」

「でも――」

と、朋子が口を尖《とが》らす。

すると、日野氏が、言った。

「今日は体の調子がいい。私《わたし》が少し泳ぐよ」

「まあ、珍《めずら》しい！　じゃ、仕度《したく》するわ」

と、朋子が笑顔《えがお》で言った。「大木君も、もし気分が良《よ》くなったら、後でいらっしゃいよ！」

「うん。そうするよ」

僕《ぼく》は、部屋に戻《もど》って、ベッドに寝転《ねころ》がった。

二人ともいなくなる。――逃《に》げるチャンスだ。

方法《ほうほう》なんか考えていなかったが、ともかく決心だけはしていた。

決心に乗って、逃《に》げられりゃ言うことはないのだが。

僕《ぼく》は、しばらく待った。

別荘《べっそう》の中が静《しず》かになる。――開け放した窓《まど》から、朋子の笑《わら》い声《ごえ》が風に乗って入って来た。

僕《ぼく》は、そっとベッドから出て、砂浜《すなはま》を覗《のぞ》き込《こ》んだ。

青い海の、少し離《はな》れた所に、朋子と日野氏の頭が出ている。――この分なら、しばらくは大丈夫《だいじょうぶ》だろう。

僕《ぼく》は急いで荷物をまとめた。それから、もう一度、砂浜《すなはま》を見下ろした。

二人の姿《すがた》は見えない。もう戻《もど》って来るのかな?

そのとき、奇妙《きみょう》なものに気《き》が付《つ》いた。

砂浜《すなはま》に、字が書いてあるのだ。

木の枝《えだ》か何かで書いたのだろう。それは――〈大木丈二〉と読めた。僕《ぼく》の名だ。

そしてその名は、四角く、囲《かこ》ってあった。ちょうど、黒枠《くろわく》の文字のように……。

僕《ぼく》はゾッとした。

朋子が書いたのか、それとも日野氏か。

そんなことはどっちでもいい。ともかく、ここにいちゃ、殺《ころ》される！

僕《ぼく》は荷物を手に、部屋を出た。

別荘《べっそう》を出て、キョロキョロと左右を見回す。あんまりいい格好《かっこう》じゃないだろうが、そんなこと言っちゃいられないのだ。

しかし、どこへ行こう？　別荘《べっそう》を出たとたんに立《た》ち往生《おうじょう》である。

よし。——ともかく、あのボートがつないであったという岩の所。あそこへ行ってみよう。

特別《とくべつ》の考えがあったわけじゃない。他に行く所がなかったという、それだけの理由なのだ。

あの二人が戻《もど》って来ても、しばらくは僕《ぼく》がいなくなったことに気付《きづ》かないでいてくれるとありがたいけど、と思った。

現実《げんじつ》は、なかなかそううまく行かないものだが。

僕《ぼく》は岩の上を、足が滑《すべ》らないよう、用心しながら進んで行った。

せっかく殺人者《さつじんしゃ》の手から逃《のが》れても、岩から落ちて首の骨《ほね》を折《お》ったんじゃ、笑《わら》い話《ばなし》にもならない。

「まだだったかな、おい」

と、僕《ぼく》はハアハア息を切らしながら、呟《つぶや》いた。

すると、いきなり、あの場所へ出ていた。そして——そこにボートがあった！

夢《ゆめ》じゃないか、と僕《ぼく》は何度も目をこすった。

しかし、そのボートは消えてなくなりもせず、木の葉に変《かわ》りもしなかった。

ただし、それはモーターボートではなく、オールでこぐ、ごく普通《ふつう》のボートだった。

でも、この際《さい》、文句《もんく》は言っていられない。

僕《ぼく》は、おっかなびっくり、ボートに乗《の》り込《こ》んで、つないだロープを外した。

すると、波に乗って、ボートがスッと海の方へと出て行く。——よし、うまく行きそうだぞ！

僕《ぼく》は、あまりボートをこいだことがない。しかし、人間必死《ひっし》になると、たいていのことはできるようになるもので、力一杯《ちからいっぱい》こいでいると、何とか進み始めた。

陸《りく》と島とは、そう近いわけではないが、こいで行けないほどの距離《きょり》ではない。

少しこぎ出してから、陸地《りくち》の方角を見定めて、向きを変《か》えた。

この分なら、夕方になる前に着くかな、と僕《ぼく》はホッとしながら思った。

朋子には悪いような気もしたが、命がかかっているのだ。まあ、臆病者《おくびょうもの》と笑《わら》われても、死ぬよりはいいものな。

——しかし、あの二人、どうして、あの大きな男がいることを、隠《かく》してるんだろう？

それに、昼間はどこにもいる気配がないのに、真夜中を過《す》ぎると、どこから出て来るんだろう？

そして二人がお互《たが》いに、相手を殺人狂《さつじんきょう》だと言ったのは、なぜなのか。

どうにも、分らないことばかりだ……。

まあ、いい。ともかく早く島から離《はな》れることだ。そうすれば……。
「ん？」
いやにお尻《しり》が冷《つめ》たい。――下を見て、ギョッとした。
水が入って来ている！　穴《あな》が開いているのだ！
僕《ぼく》は焦《あせ》った。どこに穴《あな》があるのか、分らない。水は急速に増《ふ》えつつあった。
それこそアッという間に、ボートは沈《しず》んだ。
こうなったら泳ぐしかない。
しかし、いかにも、沈《しず》んだ場所が悪かった。
陸《りく》にも遠いが、島からも、ずいぶん来てしまった。
もちろん、僕《ぼく》も泳げるが、何キロもの遠泳というのは、やったことがなかった。
決心しなくてはならない。――よし！　陸地《りくち》を目指して泳ごう！
十五分ほど泳いで、後悔《こうかい》した。たぶん、島の方が、ずっと近かったのだろう。
一向に陸地《りくち》は近付《ちかづ》いてこない。いい加減《かげん》、腕《うで》が疲《つか》れてきた。

畜生《ちくしょう》！
殺《ころ》されなくても、こんな所で溺《おぼ》れ死《じ》ぬんじゃ、頭にくる。
男の意地で、さらにしばらく泳いだ。でも——あまりに先は長かった。
だめだ……。もう、力がない。
僕《ぼく》は水に沈《しず》んだ。そして、意識《いしき》が薄《うす》らいで行く。

目を開いて、最初《さいしょ》に感じたのは、失望《しつぼう》だった。
天国って、意外にリアルなんだな。
どこかで見たような部屋だ。
——ハッとした。頭がはっきりする。
ここは——朋子の別荘《べっそう》だ。しかも僕《ぼく》のいた部屋である。
夢《ゆめ》だったのか？　ボートで海へこぎ出したのも、ボートが沈《しず》んだのも……。
いや、そうじゃない。あれは現実《げんじつ》だ。

すると、僕《ぼく》がここにいる、というのは……。
ドアが開いた。
マントですっぽりと包《つつ》まれた、あの大きな男が立っていた。
こうなると、やけくそで、
「何だ貴様《きさま》は！」
と怒鳴《どな》っていた。「顔を見せろ、化物め！」
マントの頭の部分がスルリ、と外れた。
天井《てんじょう》に届《とど》くような高さから、僕《ぼく》を見下ろしているのは、朋子の顔だった。
僕《ぼく》が啞然《あぜん》として、ものも言えずにいると、朋子が笑《わら》い出した。
別《べつ》に無気味《ぶきみ》とか、凄味《すごみ》のある笑《わら》い方《かた》ではなく、ごく当り前の笑《わら》いだ。
そして――もう一つ、お腹《なか》の辺《あた》りから、笑《わら》い声《ごえ》が聞こえてきた。
「びっくりさせて、ごめん」
と、朋子は言った。「まさか、あなたが、あんな無茶《むちゃ》をするとは思わなかったんだもの」

「君は——」

マントが、スルリと完全《かんぜん》に下へ落ちた。

朋子を肩車《かたぐるま》して、立っているのは、日野氏だった。

「いや、すまん、すまん。少し薬がききすぎたな」

と、日野氏は言って、朋子を下へ降《お》ろした。

「じゃあ——真夜中に来たのは、お二人の——?」

「そう。きっと大木君のことだから、吸血鬼《きゅうけつき》とか、狼男《おおかみおとこ》とかを本気にするわよ、って言ったの。でも、あんな穴《あな》の開いたボートで海に出るなんて……」

「でも、どうして?」

と、僕《ぼく》は言った。「どうしてそんなことしたの?」

「ごめん。ともかく、夏は退屈《たいくつ》なの。父も私《わたし》も、前からお芝居《しばい》が好《す》きで、誰《だれ》か一人、ゲストを呼《よ》んで、うまくだましちゃえ、ってことになったの」

「じゃ、僕《ぼく》はからかわれてただけなのか」

と、呟《つぶや》く。

「ごめんね、悪気はなかったのよ」

「いや、申《もう》し訳《わけ》ないことをした」

と、日野氏が言った。「娘《むすめ》に言われると、いやとも言えなくてね。まあ勘弁《かんべん》してくれよ」

「僕《ぼく》を助けてくれたのは?」

「娘《むすめ》が気付《きづ》いてね、二人で急いで駆《か》けつけたんだ。間に合って良《よ》かった」

僕《ぼく》は、当然腹《とうぜんはら》を立ててもいい。

そんなに馬鹿《ばか》げたことをやらされ、いい恥《はじ》さらしだ。

でも、僕《ぼく》はいつの間にか笑《わら》っていた。

僕《ぼく》も、朋子も、日野氏も、一緒《いっしょ》になって、笑《わら》っていたのだ……。

ホッとしていた。——これで、殺《ころ》されなくて済《す》む。

そして――大木丈二は眠《ねむ》り込《こ》んだ。

朋子と、父親の二人は、こっそりと顔を見合わせ、ふっと笑《わら》った。

「これで、大木君も、疑《うたが》ったりしなくなるわよ」

「そうだな」

と日野氏は肯《うなず》いた。

「もう今夜は、部屋のドアにも、カンヌキをかけないだろう。二人で、ゆっくり訪問《ほうもん》しようじゃないか。恐怖《きょうふ》を経験《けいけん》すると、いっそうコクが出て、おいしくなる」

「そうね」

と朋子は言った。

そしてウットリしたように、

「大木君の血っておいしいのよね！」

――そのころ、潮《しお》の満《み》ちた砂浜《すなはま》では、大木丈二の名前が、波にさらわれて、消えて行った。

猫《ねこ》の手

その猫《ねこ》は、いつからそこにいたのだろう？

加奈子《かなこ》は、猫《ねこ》がやって来たことなど、全く気付《きづ》かなかった。大体、こんな雑居《ざっきょ》ビルの一室、資料《しりょう》ともゴミともつかない段《だん》ボールで埋《う》まりそうな小さな部屋に、どうして猫《ねこ》なんかが入って来たのか……。

そのとき、加奈子は机《つくえ》に向かって呆然《ぼうぜん》としていた。——することがなかったわけではない。

それどころか……。今、加奈子の机《つくえ》には、今夜中に読まなければならない校正刷《こうせいずり》七十ページ、もう入稿《にゅうこう》しなければ雑誌《ざっし》が出ないという情報欄《じょうほうらん》が五つ、テープを起して、原稿《げんこう》にまとめなければ間に合わないインタビューが三件《けん》、たまりにたまっていた。

しかも、五人しか社員のいないこの小さな編集《へんしゅう》プロダクションで、二人が入院、一人は親の葬式《そうしき》で帰省《きせい》し、一人は出張《しゅっちょう》……。要《よう》するに、加奈子一人しかいないという状《じょう》況《きょう》なのだった。

今はもう午前三時で、この山のような仕事を、どんなに遅《おそ》くても昼まで――わずか九時間で片付《かたづ》けなければならない。そして加奈子はこの二日間、ほとんど眠《ねむ》っていなかった……。

「どうにでもなれ」

と、加奈子は呟《つぶや》いて、ちょっと笑《わら》った。

ここまでくると、絶望《ぜつぼう》を通《とお》り越《こ》して、ほとんどギャグのような忙《いそが》しさである。どう頑張《がんば》ったって、これ全部を片付《かたづ》けることなんて、できるわけがないのだ。

アーア、と伸《の》びをして……。そのとき、初《はじ》めてその猫《ねこ》に気付《きづ》いた。

猫《ねこ》は、机《つくえ》の上にじっと座《すわ》って、加奈子を見つめていた。

「何よ。――あんた、どこから来たの?」

と、加奈子は声をかけた。「おい、何とか言いな。――あ、そうか」

と、自分で笑《わら》って、

「あんまり私《わたし》が忙《いそが》しいんで、見かねて手伝《てつだ》いに来てくれたんだ、ね?『猫《ねこ》の手も借《か》りたい』ってわけか」

猫《ねこ》はふしぎな色の目をしている。一旦《いったん》目が合うと、加奈子は何だか吸《す》い込《こ》まれてしまいそうな気がして、めまいを覚《おぼ》えた。

寝不足《ねぶそく》なんだわ……。でも、しっかりしなきゃ。眠《ねむ》ってるわけにゃいかないのよ。

仕事が……。仕事……。

そう思ったのが先か、眠《ねむ》り込《こ》んだのが先か——。ともかく、次に加奈子が目を開けたとき、机《つくえ》の上では電話が苛々《いらいら》と鳴り続《つづ》けていた。

「はい……」

と、半分眠《ねむ》ったまま受話器《じゅわき》を上げて——。

加奈子は、全身が一気に冷《ひ》えていくのを感じた。窓《まど》からは一杯《いっぱい》に日が射《さ》し込《こ》んで、もう昼近いに違《ちが》いないと分かった。

眠《ねむ》ってしまった！　どうしよう？

「原稿《げんこう》、早く入れてよ！　印刷所《いんさつじょ》が待ってるんだから！」

突《つ》き刺《さ》さるような声。加奈子は、必死《ひっし》で言いわけを捜《さが》しながら、机《つくえ》の上を見た。

加奈子が会社へ戻《もど》ったのは夕方で、北向きの部屋はもう暗くなっていた。

明りを点《つ》けて、まるで宙《ちゅう》を飛《と》んでいる気分で席《せき》に戻《もど》る。――一体何が起ったんだろう？

ゆうべ、自分でも気《き》付《づ》かない内に眠《ねむ》ってしまったのは確《たし》かだ。しかし、目が覚《さ》めたとき、机《つくえ》の上にあった仕事は、全部やり終えていたのだ。

夢《ゆめ》でも何でもない。加奈子は方々回って、校正刷《こうせいずり》や原稿《げんこう》を渡《わた》して来たのである。しかし――そんなことがあり得《え》るのだろうか。

誰《だれ》かがやってくれたとしか思えない。でも、誰《だれ》が？

ふと、床《ゆか》へ目を落として、加奈子は目を見開いた。――見憶《みおぼ》えのないものが落ちていた。

〈招《まね》き猫《ねこ》〉の置物《おきもの》である。

「こんな物、あったかしら？」

どこから落ちたのか、陶製《とうせい》の猫《ねこ》は床《ゆか》に転がって、ちょうど幸福を招《まね》く右の前肢《まえあし》が折《お》れてそばに落ちていた。

拾い上げて、加奈子はゆうべ机《つくえ》の上にいた猫《ねこ》のことを思い出した。――折《お》れた前肢《まえあし》。

「猫《ねこ》の手も借《か》りたい、か……」

そう。もしかすると、本当にあの猫《ねこ》が「手を貸《か》してくれた」のかもしれない。

「変《へん》なの」

と、自分で言って笑《わら》う。

願《ねが》いを叶《かな》えてくれる「猿《さる》の手」って有名な話があるけれど、「猫《ねこ》の手」か……。日本的《にほんてき》だね。

「他にも願《ねが》いを叶《かな》えてくれるの？」

と、加奈子は机《つくえ》に肘《ひじ》をついて、折《お》れた猫《ねこ》の手を眺《なが》めた。「じゃ、忙《いそが》しくてデートもできない、この哀《あわ》れな私《わたし》に、すてきな恋人《こいびと》を見付《みつ》けてよ」

電話が鳴り出し、加奈子は悠然《ゆうぜん》と受話器《じゅわき》を取った。

「やあ。〈月刊《げっかん》N〉の河合《かわい》だけど」

と、明るい声が聞こえ、加奈子はあわてて座《すわ》り直した。

「あ、さっきはどうも……」

三十代で編集長《へんしゅうちょう》になった、有能《ゆうのう》なエディターである。仕事には厳《きび》しいが、何といっても二枚目《にまいめ》で、しかも独身《どくしん》！　加奈子が緊張《きんちょう》するのも当然《とうぜん》だった。

「さっきもらったインタビューの原稿《げんこう》ね、凄《すご》くいい」

「は……」

「君一人でまとめたのか」

「え……。ええ、そうです」

「大したもんだ」

カーッと頰《ほお》が熱《あつ》くなった。

「ありがとうございます！」

「君――今度、食事でもしないか」

と、河合が言った。「もう彼氏《かれし》がいるのなら別《べつ》だけど」

「あの……。いません、そんなもの！」

大声で言ってしまって、加奈子は河合が笑《わら》い出すのを聞き、ますます真赤《まっか》になった。

――電話を切って、しばらく放心状態《じょうたい》だった加奈子は、ふとまだあの「猫《ねこ》の手」を持っていたことに気付《きづ》いた。

そして、まじまじとそれを眺《なが》めると、

「――まさか」

と、呟《つぶや》いた。「本当に？」

日なたで居眠《いねむ》り……。

それはいつものことだった。

「おばあちゃん」

と、揺《ゆ》すられて、加奈子が目を開ける。

「ああ……。遊びに行かないの？」

加奈子は、一郎《いちろう》の真赤《まっか》な頬《ほ》っぺたを指先でつついてやった。

「ママが、お昼食べてからでなきゃだめだって。お腹《なか》空いてないのに」

と、一郎はふくれっつら。

「あら、そう。でも、ちゃんとママの言うことを聞かなきゃね」

と、加奈子は言った。

「明日、おばあちゃんの誕生日《たんじょうび》だよね」

「あら、そうだった？　忘《わす》れちゃったわ、そんなこと」

と、加奈子は笑《わら》った。

「ね、プレゼント、何がいい？」

「一郎ちゃんがくれるの？　まあ、大変《たいへん》。何がいいかしらね」

そこへ、智子《ともこ》がお茶をいれてやって来た。

「お義母《かあ》さん、お茶を――。あら、一郎、ちゃんとお昼を食べなさいって言ったでしょ。おばあちゃんの邪魔《じゃま》をしちゃだめよ」

「邪魔《じゃま》じゃないよ。ねえ?」

「そうね。お誕生日《たんじょうび》に何をくれるか、話してたのよね」

加奈子は一郎の頭を撫《な》でた。「でも、ご飯《はん》が先よ。食べてらっしゃい」

「はあい」

一郎が駆《か》けて行く。

「――すっかり元気になって」

と、智子が笑顔《えがお》で我《わ》が子《こ》を眺《なが》める。

「そうね……。智子さん、あなたも大変《たいへん》だったわね」

と、加奈子は言った。

日の当った庭へ目をやると、隣《となり》の猫《ねこ》が、塀《へい》の上で器用《きよう》に眠《ねむ》っている。――猫《ねこ》。加奈子の胸《むね》が、老《お》いた今も痛《いた》む。

迷信《めいしん》だったのだろうか？——確《たし》かに、あの「猫《ねこ》の手」は加奈子に幸福をもたらしてくれた。仕事を片付《かたづ》け、それがきっかけで河合と結《むす》ばれ、息子《むすこ》、和夫《かずお》が生れた。

幸福の絶頂《ぜっちょう》にあった加奈子は、和夫がやっと三歳《さい》になった誕生日《たんじょうび》、夫《おっと》の出張先《しゅっちょうさき》での飛行機事故《ひこうきじこ》を知った。——まさか、と祈《いの》る思いで、TVのニュースを見た日が、昨日《きのう》のようだ。河合は結局《けっきょく》、帰らなかった。

仕事に戻《もど》った加奈子は、夢中《むちゅう》で働《はたら》き、和夫を育てた。——和夫は二十八歳《さい》のとき、智子と結婚《けっこん》し、二年後には一郎が生れた。智子は加奈子とも気の合う嫁《よめ》で、一郎が六つになったとき、加奈子は仕事を辞《や》め、のんびりと老後《ろうご》を過《す》ごすことにした。

だが——半年前のことだ。和夫は酔《よ》っ払《ぱら》い運転の車にはねられた。即死《そくし》。

加奈子は、息子《むすこ》の死体を前に、あの「猫《ねこ》の手」のことを考えていた。「三つの願《ねが》い」の代りに「三つの不幸《ふこう》」？

とんでもない！　あんなものはただの陶器《とうき》のかけらじゃないの。加奈子は必死《ひっし》に否《ひ》定《てい》しようとした。

——智子も、一郎も、やっと悲しみから立ち直ろうとしている。二人さえ元気でいてくれれば……。

「遊んで来るね!」

と、一郎が、もう玄関《げんかん》の方へ駆《か》けて行く。

「車に気を付《つ》けて!」

と、智子が声をかけた。

そう。——本当にいい嫁《よめ》と孫《まご》に恵《めぐ》まれた。結局《けっきょく》、私《わたし》は幸せなのだ、と加奈子は思った。「猫《ねこ》の手」か。あんなものに何ができるだろう。

「お義母《かあ》さん」

と、智子が言った。「一郎が、何をプレゼントしようかって楽しみにしてます。何か欲《ほ》しいものは?」

「そうねえ」

加奈子は、ちょっと頭を左右へかしげて言った。「『孫《まご》の手』をもらおうかしら」


孫の手……50センチほどの棒の先を手首の形に作ったもので、手の届かない背中をかくのに使う。

我《わ》が愛《いと》しの洋服ダンス

1

どんな人にも一つや二つ、何か愛着《あいちゃく》があって手放せない物があるだろう。毎日五分も遅《おく》れる腕時計《うでどけい》とか、すぐにインクがボテッと落ちる万年筆とか、磨《す》り減《へ》ってよく字の読めなくなったメダルとか……。

出来の悪い子供《こども》ほど可愛《かわい》いというのと似《に》て、そのての物は、他人の目からはおよそガラクタとしか見えない物が多い。だから安藤裕子《あんどうゆうこ》が、夫《おっと》の留守《るす》中にその古ぼけた洋服ダンスを処分《しょぶん》してしまったのも、客観的《きゃっかんてき》には責《せ》めることができないのである。――何しろ夫《おっと》の克夫《かつお》が大学生で下宿していたときに、それも古道具屋から買って来た物だったから、それからでも七、八年たっている。おまけに何度も旅をした――下宿と質屋《しちや》の蔵《くら》の間をほぼ定期的《ていきてき》に往復《おうふく》した――せいもあって、傷《きず》だらけだし、塗《ぬ》りは残《のこ》っている部分のほうが少ないくらいだし、扉《とびら》は歪《ゆが》んでいて閉《し》まらないし……。夜中に突然《とつぜん》、ギギーッ……

と音をたてて開いたりして、裕子が仰天《ぎょうてん》して飛《と》び起《お》きることも再々《さいさい》であった。

「洋服ダンス、買《か》い替《か》えましょうよ」

と結婚《けっこん》したばかりの頃《ころ》から、裕子は克夫に言い続《つづ》けてきた。その度《たび》に克夫は、

「まだ使えるじゃないか」

と気のない返事。――みっともない、とムクれる裕子のことなどてんで気にしてはくれないのである。

その夫《おっと》が一週間の出張《しゅっちょう》に出た日、裕子は久《ひさ》しぶりにデパートへ行った。何を買うというあてはなくとも、ただしゃれた家具だの、最新《さいしん》のモードだのを見て歩くのは楽しいものだ。

そのときに、真新しい洋服ダンスが目に止まったのである。――〈現品限《げんぴんかぎ》り・特価《とっか》九、八〇〇円〉と赤いマジックで書かれた文字が目へ飛《と》び込《こ》んできた。いや、殴《なぐ》り込《こ》みをかけてきた、と言ったほうがいいかもしれない。

「安いわ!」

と思わず口に出して言ってしまったほどだ。すかさず男の店員が近寄《ちかよ》ってきた。

「いかがでございます？　これは全くお買《か》い得《どく》でございますよ」

「でも……どうしてこんなに安いの？」

と裕子は訊《き》いた。――しかし、すでに裕子の心は決っている。よほどの欠陥《けっかん》でもない限《かぎ》りは買おうと決意していた。扉《とびら》が開かないとか、洋服を入れると爆発《ばくはつ》するとか（まさか！）いうのならともかく……。

店員の話では、これは三点セットの寸法違《すんぽうちが》いでできた半端物《はんぱもの》で、それに裏側《うらがわ》の板にちょっとした穴《あな》が開いている、というのだった。

「まあ、目には付《つ》きませんし、テープか何かで穴《あな》をふさいでいただけば……」

実際《じっさい》、そんなのは大した欠点《けってん》とは思えなかった。裕子はこの真新しい洋服ダンスがアパートの部屋に収《おさ》まったところを想像《そうぞう》した。近所の奥《おく》さんが遊びに来てすぐに気《き》が付《つ》く。

「あら、新しいタンスをお買いになったの？　高かったでしょう？」

「いいえ、大したことはないわよ……」

――裕子は買うことにして、届《とど》けてくれるように頼《たの》んだ。心弾《こころはず》む思いでアパートへ帰って、さて困《こま》るのは、古い洋服ダンスだ。二つ並《なら》べて置《お》けないこともないが、いかにもみっともない。新しい洋服ダンスと並《なら》んだら、そのみすぼらしさがさらに際立《きわだ》って見えるだろう。

迷《まよ》ったあげく、裕子は近所の古道具屋へ行って引き取ってもらうことにした。持って行ってくれればタダでいい、と言った。実際《じっさい》、買ってくれとは、相当の心臓《しんぞう》でなければ言えたものではない。

かくて一週間後、克夫が帰宅《きたく》したときには、世代の交替《こうたい》は完了《かんりょう》していたのである。

克夫はなかなか気付《きづ》かなかった。二人が結婚《けっこん》してすでに四年になる――ついでながら言っておくと、克夫は二十九、裕子は二十七。子供《こども》はない――が、未《いま》だかつて、裕子が美容院《びよういん》へ行っても気付《きづ》いたためしがないのだから当然《とうぜん》かもしれないが。

「何か変《かわ》ったのに気付《きづ》かない?」

と裕子が言うと、克夫は新聞から顔を上げて、

「ああ、なかなかいいよ」

と言った。

「何だか分ってるの?」

「美容院《びよういん》に行ったんだろ」

裕子はため息をついて、

「そうじゃないの。部屋の中よ」

克夫はグルリと部屋を見回した。それほどの広さではないから、さすがに新しい洋服ダンスに気付《きづ》いて、ちょっとの間ポカンとしていたが、

「あれ、どうした?」

「買ったのよ。特別《とくべつ》安かったの。信《しん》じられないくらいよ!」

「そうじゃないよ」

と克夫は苛立《いらだ》たしげに「前のやつはどうしたか、って訊《き》いてるんだ」

「表通りの古道具屋さんに持って行ってもらったわ。お金はいらないから、って頼《たの》んだの。ねえ、あれじゃ持ってってくれるだけでも感謝《かんしゃ》しなきゃ。粗大《そだい》ゴミに出したら逆《ぎゃく》にお金を取られるし――」

裕子は言葉を切った。克夫が顔を紅潮《こうちょう》させ、目をむいて、ワナワナと震《ふる》えているのだ。

「どうしたの？」

とびっくりして訊《き》くと、

「何てことをするんだ！　俺《おれ》に黙《だま》って勝手なことをしやがって！　あのタンスは俺《おれ》がずっと使ってきたんだ！　他に二つとないタンスなんだぞ！　こんな味も素気《そっけ》もないテカテカのタンスのどこがいい、ってんだ！　返してこい！　俺《おれ》のタンスをかついで持ってこい！」

裕子は面くらって、しばし呆然《ぼうぜん》としていた。克夫がこんなに怒《おこ》るのを見たのは結婚《けっこん》以来初《いらいはじ》めてである。やっと我《われ》に返ると裕子のほうもムカッとしてくる。

「何よ、たかがオンボロタンス一つでそんなに怒鳴《どな》らなくたっていいじゃないの！」

「オンボロとは何だ!」

「じゃオンボロでないっていうの! あんなのを並《なら》べておいて私《わたし》がいつもどんなに恥《は》ずかしい思いをしてたか、あなたなんかに分りっこないわ!」

「何を! どこが恥《は》ずかしいんだ、言ってみろ! あれには俺《おれ》の汗《あせ》がしみついているんだ! 俺《おれ》の分身も同じなんだ!」

「じゃ私《わたし》よりあんなボロタンスのほうが大切だって言うの!」

「お前よりあのタンスのほうが付《つ》き合《あ》いは古いんだ!」

「あなた……」

裕子はキーッと目をつり上げ、「私《わたし》はタンス以下《いか》だっていうのね! じゃあのタンスと結婚《けっこん》すりゃよかったのよ! そのうち子供《こども》を生んでくれるかもしれないわ!」

克夫の手が裕子の顔に飛《と》んだ。裕子は痛《いた》さを感じるよりも、何かジーンと痺《しび》れるような感覚《かんかく》を覚《おぼ》えて、畳《たたみ》へどっと横倒《よこだお》しになった。

夫《おっと》が手を上げたのも、これが初《はじ》めてだった。

――裕子は血の気のひいた顔でやっと起き上がった。顔がヒリヒリと痛《いた》みだしたが、ぶたれたというショックのほうが大きい。

さすがに克夫のほうも、自分のしたことにびっくりしている様子で、それでも撫然《ぶぜん》とした表情《ひょうじょう》のまま顔をそむけた。

「私《わたし》……出て行きます」

と裕子は低《ひく》い声で言った。

「勝手にしろ」

克夫がふてくされた声を出す。裕子は立ち上がって玄関《げんかん》のほうへ行った。克夫の声が、追いかけるように、

「古道具屋に、あのタンスを運んでこいと言っとけ!」

「自分で言って下さい!」

と言い返して、裕子は外へ出た。――初《はじ》めて涙《なみだ》が溢《あふ》れてきた。暗い道を歩きながら、後から後から涙《なみだ》はこぼれて止まらなかった。

「誰《だれ》が……あんな人のこと……」

と呟《つぶや》いてみたものの、少し落ち着いてみると、やはり勝手に処分《しょぶん》してしまったのはまずかったかな、と思う。「でも、あんなに怒《おこ》ることはないじゃないの。たかがタンス一つで妻《つま》を殴《なぐ》るなんて！」

家を出て来たが、さて、どこへ行くというあてもない。泣《な》きやんで、足を止め、途《と》方《ほう》にくれてしまう。――そのうちあの人が心配して捜《さが》しに来るだろう。そうしたらふくれっつらをして帰ってやってもいい……。

「そうだわ」

あの古道具屋へ行ってみよう、と裕子は思った。まだタンスが置《お》いてあるかどうか……売れる心配はまずないが、バラバラにされている可能性《かのうせい》はある。今さら夫《おっと》のためにそんなことを訊《き》きに行くのも、ちょっとしゃくだが、まあ仕方ない。――今さら別《わか》れるのも面倒《めんどう》だし。

「――今晩《こんばん》は」

ガラクタ同然《どうぜん》の古道具の山の間を入って行くと、売り物と同様に古びている店の主人が顔を出して、

「おや奥《おく》さん」

「どうも先日は。――あの……」

「ああ、この間の古い洋服ダンスですね」

「ええ、どうなりましたでしょう？」

「あれがね、売れたんですよ！」

裕子は目を丸くして、

「本当ですか？」

「ええ、つい今しがたです。『古い洋服ダンスを欲《ほ》しい』と言って来られた方がありましてね。ともかく古いほどいいとおっしゃって……」

「でもそれは骨董品《こっとうひん》のような――」

「いえ、安物でいいとおっしゃるんですよ。それであれをご覧《らん》に入れたら、すっかり

気に入って、一万円で買って行かれました」

「一万円！」

新しいタンスより高いじゃないの、と裕子は仰天《ぎょうてん》した。

「それで奥《おく》さんへお電話しようと思ってたんですよ。何しろただでいただいてきた物ですからね。三千円ほどお払《はら》いしようと思って――」

「あの、その方はどこの方か分ります？」

「さあ……そこまで知りませんね。でもつい二、三分前に運んで行ったばかりですからね。まだその辺《へん》にいるかもしれませんよ」

「分りました」

裕子は店の表へ飛《と》び出《だ》した。見回すと、三十メートルばかり先に車のテールランプが見えた。近付《ちかづ》いてみると、後のトランクが開いてあって、あの洋服ダンスが横にしてロープでくくられている。駆《か》け寄《よ》ろうとしたとたん、車は走り出してしまった。

「待って！　待って下さい！」

と言っても聞こえるわけもない。車は走って行ってしまう。裕子は背後《はいご》のヘッドライトに振《ふ》り向《む》いた。タクシーだ！　気《き》が付《つ》くと裕子はタクシーに乗《の》り込《こ》んで、

「あの車を追っかけて！」

と言っていた。そして財布《さいふ》をもっていないのを思い出した……。

2

その車は、高級住宅街《じゅうたくがい》の一角に停《と》まった。えらく古びた、空家かと思うような邸《てい》宅《たく》だが、窓《まど》には明かりが見える。タクシーが少し手前で停《と》まり、裕子は、車がその屋《や》敷《しき》の門の中へと消えて行くのを眺《なが》めた。

「ここでいいんですか？」

と運転手が振《ふ》り向《む》く。

「え、ええ……」

困《こま》った。金がないのだ。ちょっと考えてから、裕子は、

「ここで待っててもらえる？　あの家に用があるの。すぐ済《す》むわ」

「いいですよ」

裕子はホッとしてタクシーを降《お》り、屋敷《やしき》へ向って歩いて行った。表札《ひょうさつ》がかすれて読めない。車が入って行った後、門は開いたままになっていた。

えらく荒《あ》れ果《は》てた屋敷《やしき》で、何だか怪談《かいだん》めいた感じさえする。玄関《げんかん》の前に車が停《と》めてあってタンスはもう中へ運《はこ》び込《こ》まれたらしかった。

やや気は重かったが、玄関《げんかん》のチャイムを鳴らして、誰《だれ》か出て来るのを待った。――ずいぶん待たされた。三度チャイムを鳴らして、いい加減《かげん》待ちくたびれたとき、不意《ふい》にドアが開いて、四十がらみの、ややくすんだ感じの男が出て来た。

「何かご用ですか？」

男は裕子の頭から爪先《つまさき》まで、素早《すばや》く一瞥《いちべつ》して訊《き》いた。

「あの……さっきあなたのお買いになった洋服ダンスのことで、ちょっとお話がありま

まして」

男はわけが分らない、といった表情《ひょうじょう》で目をパチクリさせたが、別《べつ》に怒《おこ》った様子もなく、

「どうぞ」

と身をよけた。

「お邪魔《じゃま》します」

中は、外見ほどの荒《あ》れようではなかった。しかしどうも薄暗《うすぐら》くて陰気《いんき》な感じには変《かわ》りない。廊下《ろうか》を抜《ぬ》けて、客間兼居間《けんいま》といった感じの広い部屋へ出た。すっかり色は褪《あ》せているが深い絨毯《じゅうたん》を敷《し》きつめ、かなり時代物のソファやアームチェアが置《お》かれている。

「まあお掛《か》け下さい。——あのタンスがどうかしましたか?」

「実は、あれは私《わたし》があの古道具屋さんへお願《ねが》いして引き取っていただいたのですが、もともと主人が学生時代から持っていた品でして、ご覧《らん》のとおりひどく古くなっております。——で、私《わたし》、主人の留守《るす》中に新しいタンスを買いまして、あの古いほうのタ

ンスは処分《しょぶん》してしまったのですが……」

裕子はちょっと照《て》れくさくてためらってから、「……主人が戻《もど》って、それを知るとひどく怒《おこ》りまして……あれは俺《おれ》の汗《あせ》がしみ込《こ》んだ大切なタンスだ、と申しまして……取《と》り戻《もど》してこい、と……」

「なるほど。しかし、よくここが分りましたね」

「いいえ、古道具屋さんであれがたった今売れたと聞き、お車が走って行くのを見たものですから、来合わせたタクシーで追って来たのです」

「そうですか」

「誠《まこと》に勝手なお願《ねが》いで申しわけありませんが一万円のお金は――今、手許《てもと》にはございませんが――必《かなら》ずお返しいたします。あの洋服ダンスをお返しいただけないでしょうか?」

男はゆっくり肯《うなず》いた。

「ご事情《じじょう》はよく分りました。お返ししてもいいですよ」

「ありがとうございます！」

裕子はホッとして微笑《ほほえ》んだ。

「しかしどうやって持って帰ります？」

「タクシーを待たせてありますので」

「そうですか。――ただ、ちょっと困《こま》ったことがあって……」

「何でしょうか？」

「もう使っているものですから」

「まあ……。申しわけありません」

「いやなに、すぐ片付《かたづ》きますよ」

男は立ち上がって、「ああ、これはお茶も差《さ》し上《あ》げずに失礼《しつれい》しました。ちょっとお待ちを……」

「そんな。どうぞお構《かま》いなく」

男は部屋を出て行きかけて振《ふ》り返《かえ》り、

「お名前は?」

「安藤……裕子と申します」

「私《わたし》は北川《きたがわ》です」

と親しげに微笑《ほほえ》んで部屋を出て行った。

裕子は安堵《あんど》した。——タクシーは待っていてくれるだろうか? 大丈夫《だいじょうぶ》、待ってるに決ってるわ。お金を払《はら》ってないんだもの。

なかなか穏《おだ》やかな、礼儀《れいぎ》正《ただ》しい紳士《しんし》だわ、と思った。それにしても、こんなところに住んでいるのに、なぜ古い洋服ダンスなんかを使っているのだろう。屋敷《やしき》は大きくても、暮《くら》し向《む》きは楽でないのかもしれない。何しろ庭の荒《あ》れ方《かた》、それに家の中もかなりガタがきているようだ。

でも、それならあんなボロタンスに一万円も出したのがよく分らない。三千円だって喜《よろこ》んで売っただろうに。

まあ、そんなことは関係《かんけい》ない。要《よう》はあのタンスを返してもらうことだ。

「――どうも失礼《しつれい》しました」

北川が、紅茶《こうちゃ》の盆《ぼん》を手に入って来た。「紅茶《こうちゃ》でもお飲みになって下さい」

「いえ……どうぞ……あのタクシーも待っていますから……」

「タクシーなら私《わたし》が帰しました」

「え？」

「いや、ちょっと片付《かたづ》けるのに手間取りますのでね。なあに、電話で呼《よ》んであげますよ」

「でも……あの……」

「ああ、代金なら払《はら》っておきましたよ、ご心配なく」

と北川は微笑《ほほえ》んだ。

「はあ……」

裕子は困惑《こんわく》して、「後ほどタンスの代金と一緒《いっしょ》にお払《はら》いしますので」

「いいですよ。さあ、どうぞお飲みになって下さい」

「恐《おそ》れ入《い》ります」

裕子は、かなり骨董品風《こっとうひんふう》のティーカップを取り上げて、熱《あつ》い紅茶《こうちゃ》をすすった。

「……ここにどなたとお住いですの？」

何か訊《き》かなくては悪いような気がして、裕子は訊《き》いた。

「私《わたし》一人です」

「まあ。……奥様《おくさま》は……」

「家内は死にました。いや、昔はこの屋敷《やしき》もこれほど陰気《いんき》ではなかったんです。明るくて芝生《しばふ》や花壇《かだん》が光を浴《あ》びて、とても美しいところだったんですよ」

北川は夢見《ゆめみ》るような目付《めつ》きになっていた。その頃《ころ》の光景《こうけい》を想《おも》い浮《う》かべているらしい。

「娘《むすめ》が二人いました。双生児《そうせいじ》で、どちらも天使のように美しい娘《むすめ》たちでしたよ。……それが八つのときに、自動車事故《じこ》に遭《あ》ったのです」

「まあ……」

「私《わたし》が運転していたのですが、雨の夜でほとんど視界《しかい》がきかず、気《き》が付《つ》いたときは大きなダンプカーの後部が目の前に迫《せま》っていたのです。——娘《むすめ》二人は即死《そくし》、家内は半身不随《ふずい》の、寝《ね》たきりの身になりました。私《わたし》一人が軽いけがで済《す》んで……。いっそ死んでしまえばよかった、と何度思ったかしれません」

北川は急に老け込《ふこ》んだように見えた。裕子は早くタンスを持って帰りたかったが、催促《さいそく》するのもためらわれた。克夫が心配しているかもしれない。

「――いや、失礼《しつれい》しました」

北川は愛想《あいそ》のよい笑顔《えがお》に戻《もど》って、「あなたにこんな話はご迷惑《めいわく》ですな。さ、どうぞお飲みになって下さい。今、ご案内《あんない》します」

「はい」

と裕子は紅茶《こうちゃ》を飲みほした。

「参《まい》りましょう。――こちらです」

裕子は北川の後をついて、暗い廊下《ろうか》を歩いて行った。廊下《ろうか》の奥《おく》まったところにドアがあり、北川はそれを開けて、

「この中です。どうぞ」

と促《うなが》した。ドアを入りかけて、裕子は思わずギクリとして足を止めた。そこから階《かい》段《だん》が下へ降《お》りていたのだ。

「地下室なんですよ。びっくりしましたか?」

「え、ええ……」

「いや、地下というのはなかなか快適《かいてき》でしてね。夏は涼《すず》しいし、冬は暖《あたた》かい。誰《だれ》にも邪魔《じゃま》されず、自分だけの時を持てます。さあ、どうぞ」

裕子は狭《せま》い階段《かいだん》を降《お》りて行った。下は真暗で、空気がひやっと顔に触《ふ》れてゾクゾクする感覚《かんかく》が背中《せなか》を駆《か》け抜《ぬ》けて行く。

「待って下さい。明かりを点《つ》けます」

北川が裕子の傍《そば》をすり抜《ぬ》けて行った。——ややあって光が満《み》ちると、目の前に、殺《さっ》風景《ぷうけい》な灰色《はいいろ》の部屋が広がった。

何とも簡素極《かんそきわ》まりない部屋だった。コンクリートむき出しの床《ゆか》と壁《かべ》。天井《てんじょう》から下がった裸電球《はだかでんきゅう》。病院のそれのようなベッド、小さな机《つくえ》、椅子《いす》。まるで監獄《かんごく》のようだわ、と裕子は反射的《はんしゃてき》に思った。監獄《かんごく》を知っているわけではないが、これよりは少しは人間らしさ、暖《あたた》かさがあるのではないだろうか。

あの洋服ダンスは部屋の中央に置《お》かれていた。ただ、奇妙《きみょう》なことに横に寝《ね》かせてあった。扉《とびら》が上を向いた格好《かっこう》になっている。

「さあ、すぐに片付《かたづ》けますから」

と北川はタンスへ歩《あゆ》み寄《よ》った。

「お手伝《てつだ》いしますわ」

「やあ、それは助かる。お願《ねが》いしますよ」

裕子は近寄《ちかよ》って行って、

「起こさなくていいんですの、倒《たお》れたままで?」

「これでいいんですよ」

と北川は言って「ほらね」

と扉《とびら》を持ち上げた。

やせた、裸《はだか》の女が体を折《お》り曲《ま》げて、白眼《しろめ》をむいて裕子を見あげていた。——裕子はヨロヨロと後ずさって、そのまま気を失《うしな》った。

3

「私《わたし》はもともと養子《ようし》の身でしてね……」

北川は、タバコに火を点《つ》けながら言った。

「家内にはいつも怒鳴《どな》られ、命令《めいれい》されていました。それが、あの事故以来《じこいらい》、ますますひどくなって、寝《ね》たきりの家内は、私《わたし》が一人無事《ぶじ》だったのを当てこすって、まるで私《わたし》がわざと事故《じこ》を起こしたようなことを言うのです。——私《わたし》はそれが堪《た》えられなかった。たとえ家内を殺《ころ》したいと思って事故《じこ》を起こすにしても、娘《むすめ》たちまで巻《ま》きぞえにするでしょうか？　とんでもない！　私《わたし》は……娘《むすめ》たちを本当に愛《あい》していたんですよ……」

北川は、こみ上げる涙《なみだ》を必死《ひっし》に呑《の》み込《こ》もうとするように、顎《あご》を震《ふる》わせた。

「しかし、それでも私《わたし》はじっと堪《た》えてきました。家内をあんな体にしたのは私《わたし》だという罪《つみ》の意識《いしき》が……私《わたし》に忍耐《にんたい》を強《し》いたのです」

北川はゆっくりとタバコをふかした。

「……私《わたし》がおとなしくなればなるほど、家内は私《わたし》に辛《つら》く当るようになりました。私《わたし》には何も必要《ひつよう》ない、楽しむ権利《けんり》も、安らぐ権利《けんり》もない、と言って、私《わたし》から総《すべ》てを取り上げてしまったのです。愛読《あいどく》していたシェークスピア全集は焼《や》き捨《す》てられ、レコードは売《う》り払《はら》われ、タバコも禁《きん》じられました。……これは本当に何年ぶりかのタバコですよ。実に旨《うま》い！」

北川はため息と共《とも》に言った。そして続《つづ》けた。

「私《わたし》はこの地下室で暮《くら》すように命じられました。――ご覧《らん》なさい。何もないこと、監獄《かんごく》よりひどいですよ。家内は二階の豪華《ごうか》なベッドで世話係の女中にかしずかれている、というわけです。――私《わたし》はそれでも我慢《がまん》しました。家内の持っている会社の一つで課長《かちょう》として働《はたら》いているのですが、仕事でのたまの出張《しゅっちょう》だけが、私《わたし》の唯一《ゆいいつ》の息抜《いきぬ》きと発散《はっさん》の場でした。しかし、それも長くは続《つづ》かず、家内の命令《めいれい》で私《わたし》の出張《しゅっちょう》には必《かなら》ず家内の息のかかった社員がついて来て、私《わたし》を一切《いっさい》の歓楽《かんらく》から遠ざけてしまうようになりました。……それでも私《わたし》は辛抱《しんぼう》してきましたよ。そんなとき、彼女《かのじょ》が現《あらわ》れたのです」

北川の眼《め》は一瞬《いっしゅん》、輝《かがや》きを取《と》り戻《もど》した。

「……彼女《かのじょ》は二十歳《はたち》になったばかりで、家内の新しい世話係としてやって来たのです。彼女《かのじょ》は心の優《やさ》しい娘《むすめ》でした。この家の異常《いじょう》な様子を知って、私《わたし》に同情《どうじょう》を寄《よ》せてくれたのです。私《わたし》は砂漠《さばく》の砂《すな》が水を吸《す》い込《こ》むように、彼女《かのじょ》の心にすがりました。……私《わたし》たちは家内の目を盗《ぬす》んで忍《しの》び逢《あ》い、愛《あい》し合いました。しかし、それもやがて家内に知られずにはいませんでした。家内は、すぐには私《わたし》たちを罰《ばっ》しません。知らないふりをして、実に残酷《ざんこく》なことをしました。彼女《かのじょ》に、寝室《しんしつ》の窓辺《まどべ》を飾《かざ》っている大小の鉢植《はちうえ》を全部庭へ出して陽《ひ》に当てるように命じたのです。五十からある鉢《はち》ですよ。それを二階から下まで運んで来る。男にだって容易《ようい》でない、大変《たいへん》な重労働《じゅうろうどう》です。……彼女《かのじょ》は妊娠《にんしん》していました。家内はそれを知っていてわざとそんな仕事を命じたのです。彼女《かのじょ》は途中《とちゅう》で出血して倒《たお》れ、会社から戻《もど》った私《わたし》が急いで救急車《きゅうきゅうしゃ》を呼《よ》んだときにはもう……。結局《けっきょく》、その夜、彼女《かのじょ》は死にました」

北川はすすり泣《な》いた。

「……自分だけならどんな我慢《がまん》もしますが、家内は何の罪《つみ》もない彼女《かのじょ》を殺《ころ》したのです！　私《わたし》はもう許《ゆる》せませんでした。世話係の女が今日休みを取ったので、家内を絞《し》め殺《ころ》したのです。——しかし埋葬《まいそう》はしてやろう、と思いました。何と言っても、死んだ娘《むすめ》たちの母親ですから。ところが、棺《ひつぎ》などというものは、その辺《へん》の雑貨屋《ざっかや》でちょっと買って来るというわけには行かない。困《こま》ったあげく、ふと、古ぼけた洋服ダンスなら棺《ひつぎ》の代りになる、と思《おも》い付《つ》いたのです。車でできるだけ離《はな》れたところの古道具屋へ行き、あれを見付《みつ》けたときは、ああ、ピッタリだ、と思いましたよ。二階から、冷《つめ》たくなった家内を運んで来ると、何とも巧《うま》く収《おさ》まりました。ところが……そこへあなたがいらしたわけです」

北川はタバコを灰皿《はいざら》へすり潰《つぶ》して立ち上がった。裕子は手足を固《かた》く縛《しば》られ、口に布《ぬの》をかまされて、恐怖《きょうふ》に目を見開いていた。

「――話を聞くと、あなたも同じ罪《つみ》を犯《おか》しておられる」

北川は床《ゆか》に転がされた裕子の傍《そば》へ膝《ひざ》をついて、「夫《おっと》が大切にしてた物を勝手に処分《しょぶん》してしまう。これは大きな罪《つみ》ですよ。そうですとも！　夫《おっと》は尊敬《そんけい》されなければなりません。夫《おっと》の意志《いし》は何よりも優先《ゆうせん》されるべきなのです！」

北川の声は震《ふる》えていた。

「あなたも罪《つみ》を償《つぐな》いなさい！　夫《おっと》を軽《かろ》んじた報《むく》いを受けるのです」

北川は、扉《とびら》が開いたままになっている洋服ダンスを見て、「――まだ空きがあります。家内も連《つ》れがあったほうが寂《さび》しくないだろう……」

北川は裕子をタンスのほうへ引きずって行った。そしてかかえ上げると、妻《つま》の死体と向い合うように中へ押《お》し込《こ》んだ。裕子は必死《ひっし》に体を動かして抵抗《ていこう》したが、北川は素《す》早《ばや》く扉《とびら》を閉《し》めると、上に座《すわ》り込《こ》んでしまったのか、扉《とびら》はビクともしなくなった。

裕子は、死体と体を押《お》し付《つ》け合っているかと思うと、全身から冷汗《ひやあせ》が吹《ふ》き出《だ》した。

そこへ、トントンという音と、軽い衝撃《しょうげき》が伝《つた》わってきた。――釘《くぎ》で扉《とびら》を打ちつけているのだ！　裕子は生きながら埋葬《まいそう》されようとしていることを悟《さと》った。もうどうすることもできない。助かる手だてはない……。

静《しず》かになった。――この狭《せま》い洋服ダンスの中だ、埋《う》められる前に、窒息死《ちっそくし》するかもしれない。どんなにか苦しいことだろう……。

ふと裕子は耳を澄《す》ました。人の声がする。何か騒《さわ》がしい物音が……。あの声は……

克夫さんだ！　裕子は必死《ひっし》で扉《とびら》を蹴飛《けと》ばした。

「タクシーの運転手さんのおかげさ」

アパートへ、パトカーで送ってもらう途中《とちゅう》、克夫《かつお》が言った。「君があの車を尾行《びこう》させておいて屋敷《やしき》の中へ姿《すがた》を消し、他の男が金を払《はら》いに出て来た。どうも妙《みょう》だと思ったんだな。気になったので、君を乗せた古道具屋のところまで戻《もど》って、あの店で君のことを訊《き》いた。そして店のご主人から僕《ぼく》へ電話があったってわけだ。で、そのタクシーであの屋敷《やしき》まで連《つ》れて行《い》ってもらったのさ」

「本当にもう、死ぬかと思った！」

裕子は克夫の肩《かた》に頭をのせた。まだ、恐怖《きょうふ》が手足をこわばらせているような気がする……。

アパートでやっと息をつくと、裕子は言った。

「ごめんなさいね、あの洋服ダンスを勝手に処分《しょぶん》してしまって……」

「僕《ぼく》も疲《つか》れててね。つい苛々《いらいら》した……。悪かったよ」

二人は微笑《ほほえ》んだ。

「あの人も気《き》の毒《どく》な人よ。きっと恋人《こいびと》が死んでおかしくなってしまったのね」

「そんな呑気《のんき》なことを言っていいのかい？」

「そうね、今頃《いまごろ》は生《い》き埋《う》めにされてたかもしれないんですものね」

裕子は克夫のほうへにじり寄《よ》った。二人はゆっくりと唇《くちびる》を重ね、そのまま倒《たお》れ込《こ》んだ。明かりを消す暇《ひま》もなかった。

「あら、そのファンシーケース、どうしたの？」

遊びに来た隣《となり》の奥《おく》さんが言った。

「これ？　買ったのよ」

と裕子は言った。

「でも、この間買った洋服ダンスは？」

「あれは売っちゃったわ」

「まあ、もったいない！　新品だったのに」

「ええ、でもね」

と裕子は微笑《ほほえ》んで言った。「二人とも、何となく洋服ダンスが嫌《きら》いになったものだから……」

解説《かいせつ》　もしかしたら明日にでも体験《たいけん》するかもしれない不思議《ふしぎ》　山前譲《やままえゆずる》

非日常的《ひにちじょうてき》な現象《げんしょう》や極限的《きょくげんてき》な状態《じょうたい》が迫《せま》ったときに感じる恐怖《きょうふ》は、もちろん誰《だれ》もがさけたいことでしょう。ところが一方で、その恐怖《きょうふ》になぜかひかれてしまうのも人間です。恐怖《きょうふ》をテーマにした小説《しょうせつ》や映画《えいが》がたくさんあるのが、その証拠《しょうこ》ではないでしょうか。また、非日常的《ひにちじょうてき》な世界を描《えが》く幻想小説《げんそうしょうせつ》も、多くの読者に読まれてきました。常識《じょうしき》では説明《せつめい》できない出来事には謎《なぞ》があります。ミステリーと相通じる人間の好《こう》奇心《きしん》の表れなのでしょう。全四巻《かん》の「赤川次郎《あかがわじろう》　ホラーの迷宮《めいきゅう》」ではさまざまな非現《ひげん》実的《じってき》な世界が興味《きょうみ》をそそっています。

この『砂《すな》に書いた名前』には四作が収録《しゅうろく》されていますが、たとえば最初《さいしょ》の「角に建《た》った家」は、空地に突然現《とつぜんあらわ》れた家が不思議《ふしぎ》な感覚《かんかく》をさそうのでした。なぜなら、今の日本には珍《めずら》しい洋館だったからです。

その話を母親から聞いたとき、中学生の幹夫《みきお》には思い当たることがありました。この間読んだ本、〈眠《ねむ》っている館《やかた》〉の中に出てくる洋館によく似《に》ている、と。その洋館の前に立つと、なぜか門が細く開きました。幹夫は中に入っていきます。そこにいたのは、まさに本に出てきた少女！

少女がウサギ穴《あな》におちて奇妙《きみょう》な冒険《ぼうけん》を重ねるルイス・キャロル『不思議《ふしぎ》の国のアリス』、少年が風変《ふうが》わりな本の世界に入っていくミヒャエル・エンデ『はてしない物語』、あるいは幽霊《ゆうれい》ビルの扉《とびら》の向こうに異世界《いせかい》が待っていた宮部《みやべ》みゆき『ブレイブ・ストーリー』など、さまざまな非日常《ひにちじょう》の世界との接点《せってん》がこれまでに描《えが》かれています。

つづく表題作の「砂《すな》に書いた名前」は、まさにひたひたと迫《せま》ってくる恐怖《きょうふ》と言えるでしょう。大学生の大木《おおき》が、ガールフレンドの父親が住む小島の別荘《べっそう》に招待《しょうたい》されました。ところが滞在《たいざい》しているうちに、その父親の行動に疑問《ぎもん》を抱《いだ》きはじめます。夜、奇《き》妙《みょう》な足音が聞こえてくるのです。そして何者かが、鍵《かぎ》のかかったドアを強引《ごういん》に開けようと！　さらに恐《おそ》ろしい現象《げんしょう》がつづいたあとのエンディングが鮮《あざ》やかです。

つづく「猫《ねこ》の手」の主人公は編集者《へんしゅうしゃ》の加奈子《かなこ》ですが、仕事に追われて、会社で徹夜《てつや》です。未明《みめい》、ふと机《つくえ》の上に猫《ねこ》がいることに気づきます。どこから来たの？ でも、構《かま》っているひまはありません。いくつもの仕事の期限《きげん》が迫《せま》っていたからでした。

でも、いつしか眠《ねむ》ってしまったのですが、目が覚《さ》めたときにはなぜか仕事を全部やり終えていました。どうして？ ふと床《ゆか》を見ると、右の前肢《まえあし》が折《お》れた〈招《まね》き猫《ねこ》〉の置物《おきもの》があるのです。猫《ねこ》の手も借《か》りたいとはよく言いますが、まさか⁉

「猫《ねこ》の手」は、これまで数多く書かれてきた、なんでも願《ねが》いを叶《かな》えてくれるという不思議《ふしぎ》な現象《げんしょう》の物語のひとつです。作中でも触《ふ》れられているように、直接的《ちょくせつてき》にはホラーの名作である、W・W・ジェイコブズ「猿《さる》の手」（一九〇二年発表）がモチーフとなっています。

猿《さる》の手のミイラには、持ち主の願《ねが》い事《ごと》を三つ叶《かな》えてくれる魔力《まりょく》があるというのです。ただ、運命を無理《むり》に変《か》えようとすると大きな災《わざわ》いが伴《ともな》うとか。老夫婦《ろうふうふ》が勤務先《きんむさき》の工場で死んでしまった息子《むすこ》を生き返らせてほしいと願《ねが》います。そして本当に息子《むすこ》は家に帰ってくるのですが、その姿《すがた》は……。あまり夜には読みたくないラストを迎《むか》えていますが、では「猫《ねこ》の手」は？

最後《さいご》の「我《わ》が愛《いと》しの洋服ダンス」はタンスにまつわる、奇妙《きみょう》でスリリングな物語です。夫《おっと》の克夫《かつお》が出張中《しゅっちょう》、妻《つま》の裕子《ゆうこ》が新しい洋服ダンスを格安《かくやす》で買いました。前からあったのは古道具屋に引き取ってもらったのですが、出張《しゅっちょう》から帰ってきた克夫が激怒《げきど》します。「あのタンスは俺《おれ》がずっと使ってきたんだ！　他に二つとないタンスなんだぞ！」と。

たかがタンス一つのことで……裕子は哀《かな》しくなりますが、ともかく古道具屋に行ってみることにしました。それが彼女《かのじょ》の恐怖《きょうふ》の体験《たいけん》のはじまりでした。なんだかリアルな展開《てんかい》ですが、赤川作品ならではのユーモアも楽しめるでしょう。

本書のほか、『受取人、不在《ふざい》につき――』、『お出かけは［13日の金曜日］』、『長《ちょう》距離《きょり》電話』と、「赤川次郎　ホラーの迷宮《めいきゅう》」では、わたしたちが抱《いだ》く恐怖《きょうふ》がじつにヴァラエティに富《と》んでいることを、きっと実感できるはずです。

次はどれを読む？ 赤川《あかがわ》次郎《じろう》おすすめブックガイド

赤川次郎さんは、これまでに600冊以上《さついじょう》の小説《しょうせつ》を書いています。

この本の次に何を読もうか迷《まよ》っている人のために、おすすめの本を紹介《しょうかい》します。

『夢《ゆめ》から醒《さ》めた夢《ゆめ》』 角川つばさ文庫

【あらすじ】

九歳《さい》のピコタンがある日、遊園地の古いお化け屋敷《やしき》に迷《まよ》い込《こ》んでしまう。そこで出会ったのが、同年配の女の子の新米幽霊《ゆうれい》。悲しんでいる母親をなぐさめるため、一日だけ入《い》れ替《か》わってほしいと幽霊《ゆうれい》は頼《たの》むのだ。ピコタンは引き受けて、あの世とこの世のあいだでさまざまな体験《たいけん》をするが、彼女《かのじょ》は一日経《た》っても……。

★ここがおすすめ！
愛《あい》と夢《ゆめ》、友情《ゆうじょう》と冒険《ぼうけん》に満《み》ちたファンタジー。いつまでも失《うしな》ってはならない優《やさ》しい気持ちに気付《きづ》かされる。続編《ぞくへん》の『ふまじめな天使』もおすすめ。

『真夜中のための組曲』 講談社文庫

【あらすじ】

オフィスに突然《とつぜん》現れた見知らぬ青年の謎《なぞ》、ラジオで伝《つた》えられたラッキーナンバーの波紋《はもん》、やはりラジオの人生相談が発端《ほったん》の事件、平凡《へいぼん》なサラリーマンがふと協力《きょうりょく》した署名《しょめい》活動が招《まね》くある恐怖《きょうふ》……。無邪気《むじゃき》な残酷《ざんこく》さとユーモア、そして意外性《いがいせい》といった不思議《ふしぎ》な味わいがミックスされた「奇妙《きみょう》な味」が楽しめる短編集《たんぺんしゅう》。

★ここがおすすめ！

平凡《へいぼん》な日常《にちじょう》が、ちょっとしたことで恐怖《きょうふ》の世界に変《か》わっていく。けっして絵空事ではない物語はまさに現代《げんだい》のホラーである。

『ドラキュラ城《じょう》の舞踏会《ぶとうかい》』 角川文庫

【あらすじ】

ルーマニアの山奥《やまおく》を道路工事中、土に埋《う》もれた中世の城《しろ》が発見される。なんと不思議《ふしぎ》なことに、まるで昨日まで誰《だれ》かが住んでいたような状態《じょうたい》だった。その城《しろ》の壁《かべ》にかけられていた日本人らしい女性《じょせい》の肖像画《しょうぞうが》が、話題を集める。瓜二《うりふた》つの少女が日本にいたからだ。その少女がルーマニアを訪《おとず》れて、過去《かこ》の扉《とびら》が開かれていく。

★ここがおすすめ！

なぜか世界各地《かくち》で伝《つた》えられているのが吸血鬼《きゅうけつき》伝説《でんせつ》だ。赤川作品にも吸血鬼《きゅうけつき》ものは多いが、その本場（！）であるルーマニアが舞台《ぶたい》となっている。

『死が二人を分《わ》つまで』 集英社文庫

【あらすじ】

半年前に心臓《しんぞう》が止《と》まったはずなのに、由利江《ゆりえ》はまだ生きている。他人の生命エネルギーを吸《す》いとりながら——誰《だれ》かを殺《ころ》さないと、自分が死んでしまうのだった。そんな妻《つま》の姿《すがた》に耐《た》えられない夫《おっと》は、自らの手で殺《ころ》してしまおうと、拳銃《けんじゅう》を手にして追いかける。はたして由利江に平穏《へいおん》な死は訪《おとず》れるのだろうか。

★ここがおすすめ！

普通《ふつう》の生活をおくっていた主婦《しゅふ》を襲《おそ》った非日《ひにち》常的《じょうてき》な現象《げんしょう》は、いったいどんな結末《けつまつ》を迎《むか》えるのだろうか。ファンタジックかつサスペンスたっぷりの長編《ちょうへん》。

赤川 次郎（あかがわ・じろう）
1948年福岡県生まれ。日本機械学会に勤めていた1976年、「幽霊列車」で第15回オール讀物推理小説新人賞を受賞して作家デビュー。1978年、『三毛猫ホームズの推理』がベストセラーとなって作家専業に。『セーラー服と機関銃』は映画化もされて大ヒットした。多彩なシリーズキャラクターが活躍するミステリーのほか、ホラーや青春小説、恋愛小説など、幅広いジャンルの作品を執筆している。2006年、第9回日本ミステリー文学大賞を受賞。2016年、日本社会に警鐘を鳴らす『東京零年』で第50回吉川英治文学賞を受賞。2017年にはオリジナル著書が600冊に達した。

編集協力／山前 譲
推理小説研究家。1956年北海道生まれ。北海道大学卒。会社勤めののち著述活動を開始。文庫解説やアンソロジーの編集多数。2003年、『幻影の蔵』で第56回日本推理作家協会賞評論その他の部門を受賞。

〈初出〉

「角に建った家」	『今日の別れに』　角川ホラー文庫　2003年1月刊
「砂に書いた名前」	『湖畔のテラス』　集英社文庫　1988年4月刊
「猫の手」	『記念写真』　角川文庫　2008年10月刊
「我が愛しの洋服ダンス」	『真夜中のための組曲』　講談社文庫　1983年8月刊

赤川次郎《あかがわじろう》　ホラーの迷宮《めいきゅう》

砂《すな》に書《か》いた名前《なまえ》

2018年12月　初版第１刷発行
2019年７月　初版第２刷発行

著　者　赤川次郎

発行者　小安宏幸
発行所　株式会社 汐文社
東京都千代田区富士見1-6-1
富士見ビル1F　〒102-0071
電話：03-6862-5200　FAX：03-6862-5202
印刷　新星社西川印刷株式会社
製本　東京美術紙工協業組合

ISBN978-4-8113-2571-2　乱丁・落丁本はお取り替えいたします。